花开的声音

Hear the blossom of flower

金建鹕⊙著

时代文艺出版社

图书在版编目（CIP）数据

花开的声音 / 金建蕻著. -- 长春 : 时代文艺出版社, 2019.3（2023.7重印）

ISBN 978-7-5387-5694-4

Ⅰ. ①花… Ⅱ. ①金… Ⅲ. ①散文集－中国－当代Ⅳ. ①I267

中国版本图书馆CIP数据核字（2018）第000445号

出品人　陈　琛
责任编辑　焦　瑛
内文插图　桃　桃
装帧设计　陈　阳
排版制作　陈　阳

花开的声音
金建蕻 著

出版发行 / 时代文艺出版社
地址 / 长春市福祉大路5788号　龙腾国际大厦A座15层　邮编 / 130118
总编办 / 0431-81629751　发行部 / 0431-81629755
官方微博 / weibo.com / tlapress　天猫旗舰店 / sdwycbsgf.tmall.com
印刷 / 三河市嵩川印刷有限公司
开本 / 660mm × 940mm　1 / 16　字数 / 152千字　印张 / 11.75
版次 / 2019年3月第1版　印次 / 2023年7月第3次印刷　定价 / 58.00元

图书如有印装错误　请寄回印厂调换

序言（一）

Preface 1

当我掩卷读完这本书的时候，我陷入了沉思。人生究竟是什么？人生何去何从？什么样的人生才是有意义的？这些问题看似老生常谈，却和我们息息相关。对于人生，我们都有过失意，都有过希望。对于人生，我们都有过迷茫，都有过轻狂。我们总是说不清道不明，但又很想去主宰。人生的旅途很漫长，充满了艰辛坎坷，充满了欢乐意趣，无论是山高路险，还是平坦通顺，都是上天赐给我们的最好的礼物。无论是谁的生命，都是精彩无比的，都是值得品味和欣赏的。就像一朵绚烂绽放、永不凋谢的花朵！每个人的人生就像一场走不完、品不完的丝绸之路。

说实话，在这个物欲横流、生活压力巨大的时代，能够静下心来，思考人生，品味生活的乐趣，已经成为一种奢侈。我们习惯了忙碌的生活，也习惯了麻木不仁。我们丢掉了手中的书本，失去了最贴心的朋友，在失意的时候自怨自艾，在得意的时候轻狂自大。我们错过了生命中太美好的东西，我们默默地承受了太多的痛苦。我们甚至没有时间去思考人生，去感悟生命的绚烂。

但是我们需要去品味人生。读一本想要读的书，泡一杯清心的茶，来一场缠绵悱恻的爱情，交一个无话不谈的朋友，让生命没有太多遗憾和缺失。我们也需要丰富自己的人生，相信爱情却不依赖爱情；信任朋友却不利用朋友；遨游书海，优游社会，让自己的生命多一点色彩，让自己的人生多一点自信和自足。

这是一本随笔散文，在不经意、不刻意的文字当中，充满了作者对人生的体察和感悟，读起来很轻松，但又很有味道。这本书的内容很广，从交友到情感，从欲望到心灵释放，从商场到精神世界，每一个方面都是作者多年来的沉淀和感悟，真实自然，而又充满了哲理，烟火气中带有更多的灵气。读之者，或能感慨其真挚之情；或能借作者之文字，浇心中之块垒，总之能带给您不一样的感受！

江南三月，草长莺飞，在杭城的暮春，我和作者见了很多次面，一起畅谈人生，颇觉畅快。作者的很多人生感悟，也是我一直想要表达的，有些想法和我暗自契合，不免有相见恨晚之感。《花开的声音》不仅仅是花朵绽放的声音，更多的是作者内心倾吐的声音，这个声音，是时下很多人共同的声音。此书出版，与大家见面，颇符合陶潜“奇文共欣赏，疑义相与析”之意，以飨读者，实是乐事！

是为序。

李建华书于杭州万事利办公室

2018年6月

序言（二）

Preface 2

人在生活中，免不了有些烦恼和痛苦，尤其是在现代快速发展的中国，大众幸福指数普遍低是个不争的事实，同时也是一个待解的难题，是一个国家在这样一个特殊时代所面临的考验。

我们的父辈大都经历过灾荒年月，物质上虽极为匮乏，却大多有着昂扬的精神，那个时代丝毫不缺乏甜蜜与温馨，不缺乏友情和爱情。现今的中国物质上越来越富足，对于很多人来说几乎已经不缺什么，但幸福感却在急剧流失，看来，要解开有关幸福的难题，和物质并无太大关系，也和是否具有知识技术无关，而更多的还是需要智慧和一颗充满关爱的心。

《花开的声音》为我们提供的就是诠释智慧的文字。我也是一个接近知天命之年的人了，平时工作非常忙，好像被一种无形的惯性所驱使，事情很多，停不下来，偶有时间去读一些书籍的话，也大多是实用性阅读，几乎没有时间去读文学性的随笔。自己如同一个被上紧发条的钟表，无时无刻地向前赶，到底终点是什么，为什么要这样，等等，都没时间去思考，也懒得思考。我想，我的这种状态，也是目前很多中国人的代表吧！

偶尔经过朋友的介绍，我读到了《花开的声音》，娓娓道来，因此阅读时丝毫没有压力。也许是作者在用心感悟、用心表达的原因吧。她的文字似乎是一味中药，具有奇特的药效，每次读上几段，都让人有种顿然安静很多的感觉，如潺潺泉水直沁心脾。

《花开的声音》里面隐藏着难得的灵心慧性，作者平实的文字下面是深刻的思想和哲理；她在微博中和我们谈工作、谈人生；她的感悟完全来自于每天的充实生活。而这些来自于生活的文字，都将我们带入一个出淤泥而不染的禅境，正如她所说的：禅不清高，穿衣吃饭是禅；禅不脱俗，柴米油盐是禅；禅不深奥，世间万物皆是禅。

我们在匆忙走路的时候，往往会忘记欣赏路边的风景，所以美好的事物也很容易与我们擦肩而过，在这个讲究快节奏的时代，我们或许可以将自己的脚步放慢，或许可以暂时停一下，晚上给自己泡壶茶，在书桌前打开一盏灯，静静欣赏品读《花开的声音》，在这些平易近人的文字中，蕴藏着这个时代所需要的智慧。

而这个时代的中国人，尤为需要智慧。

朱敬庵

Contents 目录

金建蓛

杭州康韵生物科技股份有限公司董事长
浙商全国理事会主席团主席
全国浙商女杰理事会执行会长
浙江大学校友企业家同学总会执行会长
浙江大学校友企业家文创协会会长
杭州市食品药品安全协会副会长
杭州市医药行业协会副会长
浙江经济学院国际商务专业硕士研究生校外兼职导师
浙江大学经济学院董事会董事
杭州市作家协会会员

Part 1 观人

司马光在《资治通鉴》里论述过观人的方式，即用“才德论”来衡量。原文是这样的：“是故才德全尽谓之圣人，才德兼亡谓之愚人，德胜才谓之君子，才胜德谓之小人。”这是那个时代衡量人才的一种标准。当我们读了很多历史故事，经历了很多事情之后，再反观身边的人，你就不难发现社会上、人群中，不外乎有四种人：有文化有个性的，有文化而没个性的，没文化没个性的，有个性而没文化的。

咀嚼回味，大凡如此。每个人都想回到小时候，大人随便塞给你一颗糖，就会哄得你开心好半天，大人信口诌来一个故事，就会满足你所有的好奇心。现在呢？即使把半个地球给你，你还会去思考另一半是什么样子的，即使让你拥有整个世界，你还会去探索整个宇宙的奥秘。我们总是在意义中寻求意义的存在，最终的结果就是我们离真的意义越来越远……

减压的最好办法不是稍息而是行动

我们的生活充满了无尽的压力，房子、金钱、关系等等，每一样都能让人焦头烂额。“幸福不过是欲望的暂时停止”，我们的一辈子是由无数个昨天组成，如果纠结于昨天不好的事，今天就会黯淡无光；如果沉醉于昨天的那点好事，今天就会碌碌无为。所以，减压最好的方法就是立刻行动，而不是空想。即便是小事，也要一件一件去做好，拖沓不得，小事一大堆，就成大问题，因为事情太多，你不知道从哪里着手，顾了这头顾不了那头，焦头烂额，事倍功半，最后耽误事的往往是小事。大事则是由无数的小事组成的。所以一个人一定要学会立刻行动。立刻行动，不是盲目行动，而是代表了深思熟虑后的雷厉风行，而非妄言妄谈。

《道德经》所言：“合抱之木，生于毫末；九层之台，起于累土；千里之行，始于足下。”每天的工作从小事做起，做好每一件小事，才能成就大事。一些事情不是非要旁人佐证统一思想后才去做，境界不同，看法不同；位置不同，理解不同；三观不同，思维不同，有时候大张旗鼓做事只会让你阻力重重，面面俱到做人只会让你身心俱疲。有些事不要太张扬，要低调地去做，因为只有这样阻力才小，障碍才少，等事情做起来了，一些阻碍无形中就消失了，等事情做成了，也就皆大欢喜了。

行动，我们人生需要漂亮的行动。“躬自厚而薄责于人”，有时候，你对别人横挑鼻子竖挑眼，并非那个被挑剔的人真的一无是处，而是你的要求过于苛刻；有时候，你苦于追求完美，追来的恰恰是不完美，因为这个世界不存在十全十美；而且你还得明白，当你挑剔别人的时候，你也正被别人挑剔，因为你怎么对人，人怎么对你。爱挑剔，美其名曰：追求完美，恰恰折射出人缺失同理心和自己的不完美。其实，有底线的融合才是做人的王道，求大同存小异才是做事的要术。一个完美的人不会挑剔别人的不完美。有瑕疵的美才美得真实。“差不多”有的时候要不得，有的时候很要得。所以行动力很重要，不要等到十全十美再行动，一切都会太晚。

当一件事尚未付诸行动时，你会感到巨大压力，你会假设出各种各样的困局，让自己进退维谷。而一旦付诸行动，你除了快刀斩乱麻，根本没时间胡思乱想，你的压力也会随之减轻。这就说明两个问题：一则是有时困难和压力都是人臆想出来或无限夸大的。二则是人有时候减压的最好办法不是稍息而是行动。当你想要前进，才有前进的可能。正如高尔基所说：“一个人追求的目标越高，他的才力就发展得越快，对社会就越有益。”

生活这面镜子，照出的总是自己的当下

生活，是一面镜子，照出了过往的点点滴滴，照出了自己。当到了一定年龄的时候，就会喜欢回首往事，感慨今昔。最爱吟诵苏东坡的一首《西江月》，上阕是这么写的：“世事一场大梦，人生几度秋凉。夜来风叶已鸣廊。看取眉头鬓上。”每个人生阶段，总在回头的时候，你会发觉，生活中的很多事情，乍一看是凌乱欺瞒悲哀，如果你能换一种角度去看去想，凌乱，你才会去收拾；受骗，你才会去思辨，而悲哀只是你自己编织的情绪罢了。其实，生活反馈给你的，就是你对生活的态度和感观。

古人说“人不知而不愠”，懂一个人是多么的难啊！人不怕遇到

一个不懂你的人，因为可以试着去懂。就怕遇到一个不愿懂你的人，因为懂也可以装作不懂，就像你永远唤不醒一个装睡的人一样，时间会让你渐渐失去耐心和热情，再大的气量也撑不起故意，再大的耐心也等不来无情，人更需要的是相互尊重。如果不在一个频道上你再怎么卖力表现，也等不来鼓掌喝彩。如果没有缘分的天空，你再怎么卑微示好，也等不来真诚相待。如果不在一个纬度里，你再怎么声嘶力竭，也等不来音频共振。凭心做事，事竟成；凭脑走路，路亨通。你的好，不在别人嘴里；你的路，不在别人眼里；你的快乐，没有人会施舍你；你的成功，没有人会白给你。你就是你，独一无二的你，就像镜子中的那个你！只要你懂得你自己，对未来充满希望，无论镜子里展现什么样的你，都是值得你和你身边的人惊叹艳羡！

当然，岁月一定会留下痕迹，尽管你可能会失去什么。转眼面对着增长的年岁、脸上的皱纹和日增的白发，生活就是一面镜子，毫不留情地照出了当下的自己。当你得到，一些东西已经离你远去；当你失去，一些东西已然向你走来，这是一个简单的平衡定律。人不要在得失间纠结徘徊沉溺太久，这样只会使你失去更多，因为你的眼睛总盯着那些已渐渐离你远去的东西，所以难免就会错失一些向你步步靠近的机缘。“求人不如求己”这句话永远是不变的真理，不要把希望寄托在别人身上，每个别人都忙着自己的事，他们没有义务，也不能够把你越变越好，要使自己变得更好，只有靠自身不断学习努力进取。即使你走的是一条康庄大道，你的路终究要自己去走完，别人和时间都只能是你的看客。别人能够与你一起分担的，就不算什么压力。是压力，就得自己扛。别人能够跟你感同身受的，就不叫什么痛苦。是痛苦，就得自己受。有些话，虽然很想说出来，话到嘴边，又咽下。因为说了，无济于事；有些事，虽然很往心里去，却装作没心没肺，因为怕成了别人的负担。多年以后，当你一步一个脚印，独自走过艰难险阻，一定会感激当初一声不吭咬牙坚持的自己。因为你的坚强，才成就了你今天的模样！

正如埃克哈特·托利说："外部世界的旅程可能有一百万步；内心世界的旅程只有一步：当下正在迈出的这一步。"感谢自己的勇敢，迈出人生的每一步。终将有一天，你会对着镜子中成功的你，给予一个甜蜜的微笑，还好你并没有放弃，所以才看到了镜中最美的你！

水因善下终归海，山不争高自成峰

“大人者，不失其赤子之心者也。”越是位高权重的人，越成功的人，就越不难感受到其带给旁人的童心童趣，大气大度，不拘小节。因为自己的纯真，才有了不一样的味道。因为有了纯真烂漫，才有那么多人围绕在你身边。

其实人到一定程度，忙碌真的不是为了财富、名声，真的只是为了手头有件事在做，而且一定要把这件事做好，做完美，仅此而已。马云说了这样的话：“一个人每个月赚个一百万，二百万，那是很幸福的，要是每个月赚个十个亿，二十个亿，你还觉得他会幸福吗？”财富的累加和快乐幸福感是有一个标准区间的，多了不见得开心，可我们每个人在世上，都只有活一次的机会，谁又能让这唯一的一次人生虚度了呢?

老友说:“人只有将寂寞坐穿，才可以重拾喧闹；把悲伤过尽，才可以重见欢颜；把苦难尝遍，就会自然回甘。”人经历了，才能成长；付出了，才能得到；涅槃了，才能重生。吃得苦中苦，方为人上人。

而很多人总是放不下面子，吃不得苦，往往工于心计，为了自己的利益，算计别人。计较，它让我们失去太多宝贵的东西。当一个人和他人斤斤计较的时候，你就会失去好多朋友；当一个人和名利斤斤计较的时候，你就会失去很多真实；当一个人和地位斤斤计较的时候，你就会失去好多随性；当一个人和钱斤斤计较的时候，你就会失去更多的机会；当一个人和社会斤斤计较的时候，你就会很难在社会上立足；当一个人和团队斤斤计较的时候，你就会被团队唾弃；当一个人和自己斤斤计较的时候，你就会失去自我；当一个人和前途斤斤计较的时候，你就会迷失方向；当一个人和世界斤斤计较的时候，你就会失去人生的意义。不计较才是缘，是德，是福。永远记得“人至察则无徒，水至清则无鱼”，生活中偶尔的糊涂是一种大智慧，生活中一味地计较到头来害人害己。

一个人的性格决定了他的际遇。如果你喜欢保持你的性格，那么，你就无权拒绝你的际遇。如果你想改变你的际遇，那么从改变自己不好的性格做起。拥抱吧！你的一切，喜欢的，或不喜欢的，都是拜自己所赐，没有人强加给你。不管你满意，或者不满意，现实就在那里；不管你开心，或者不开心，微笑就在那里；不管你得到，或者失去，命运就在那里。

水因善下终归海，山不争高自成峰。接受一切，感恩一切，生命会归于更加美好。

朋友是一种奢华

“人世间所有的荣华富贵不如一个好朋友。”拥有朋友，分享一切，这是无上的快乐。很多人会说，朋友谁没有？多到数不过来！其实，那只是证明你的交际很广。一个人真正的朋友并不会很多，朋友是一种奢华，这话听起来不然，但仔细嚼嚼，却意味深长。也许这一生，我们会有很多的“朋友”，各种时期，各种场合，各种际会，朋友相遇相聚容易，相知相处却不易，有时想找人倾诉，举目竟不知何处？相知难，你得拿真性情去换，去搏，容不得半点虚情假意。要想别人容纳你，你得先要容纳人；要想别人对你好，你得先要对人好！

朋友就像一杯酒，越品才越有味道。《史记》中说：“一死一生，乃知交情。一贫一富，乃知交态。一贵一贱，交情乃见。”有些人，初次见面没啥好感，接触越多对他的印象会越来越好，有些人，开始觉得挺不错，越接触越觉得这人不怎么样，那是因为我们最初认识的他只是一面之交后“你以为的他”，后面通过更多时日的接触、多方位的交流认识的他才是“真正的他”。生活中当你被人莫名误解冤枉挤兑的时候，需要看淡一些，超脱一些，反过来也想想因为你的误会不解任性，也有被你拒之门外的“好人”。所以你需要一双慧眼观人，不要雾里看花。

朋友虽好，但是想要拥有一个朋友何其困难。人的一生，能够遇见三五挚友，已经算是最大的幸事了！白居易写过一首诗，里面有两句很有哲理，“试玉要烧三日满，辨材须待七年期”。圈子里，人群中，总看见那么些人，今天看到一个人，好得跟三百年前的朋友一样，似曾相识燕归来；明儿又遇到一个人，好得跟相见恨晚的知己一样，难舍难分花不忍；后儿又遇上个掏心掏肺、无话不说的，其实，跟谁都好的人，就是跟谁都一般，因为一般，所以要装作不一般。这样的人看似热心其实冷漠，看似多情其实无心，看似真挚其实圆滑，看似感性其实理性。就像克雷洛夫所说的一样：“选择朋友一定要谨慎！地道的自私自利，会戴上友谊的假面具，却又设好陷阱来坑你。”

什么是朋友？说白了，朋友就是懂你的人。人不怕遇到一个不懂你的人，因为可以试着去懂，就怕遇到一个不愿懂你的人，因为懂也可以装作不懂，就像你永远也叫不醒一个装睡的人一样，时间会让你渐渐失去耐心和热情，再大的气量也撑不起恣意，再大的耐心也等不到无情。

这个世界不缺人员就缺人缘，再繁杂的生活也会空虚，再热闹的场景也会寂寥，再拥挤的路上也会落单，一个人一辈子若能交上一两个真心朋友实属不易。真正的人缘，不是我在人前能说多少话、能有多少表现，而是我不在，照样有人在乎我的存在；我不说，照样有人明白我的感觉。喜欢热闹的人也许内心更缺温暖，喜欢说话的人也许内心更缺理解，喜欢炫耀的人也许内心更加贫瘠，喜欢玩笑的人也许转身便是苍凉。

曾经看过一些科学文章，说“一个人的水平，是你经常接触的五个人的平均水平”，所以选择最要好的朋友，一定要慎之又慎，必须要做到“察言观色”。有的人一眼便能够望穿，不是因为太简单，而是因为阳光开朗，心无杂念，这样的人让人爱不释手；有的人看上去有点傻气，不是因为真的傻，而是因为至情至性，大智若愚，这样的人让人崇敬有加；有的人一接触便很温暖，不是因为蜜语甜言，而是因为雪中送炭，设身处地，这样的人让人舍弃都难；有的人乍看起来很冷血，不是因为冷漠无情，而是因为自恃清高，孤芳自赏，这样的人让人望而却步；有的人总是云遮雾盖，不是因为有深度，而是因为心机太重，这样的人让人深恶痛绝。擦亮你的眼睛，才能找到自己的朋友!

“真正的朋友不把友谊挂在口上，他们并不为了友谊而互相要求一点什么，而是彼此为对方做一切办得到的事。”是的，有了好朋友，并不意味着你就可以肆无忌惮。好朋友可以用来分享智慧、分享心情、分享乐趣、甚至分享困难，但不是理所当然。爱默生感慨说：“哦，朋友，这就是我的肺腑之言。因为有了你，蓝天才广阔无垠；因为有了你，玫瑰才火红艳丽！”最向往有朋友的日子，悠闲自在，快乐无比。“寒夜客来茶当酒，竹炉汤沸火初红。寻常一样窗前月，才有梅花便不同。”更多的是一份惬意，是一份自然，没有的是算计，是利用。用真心换真心的生活，真的是一种难得的奢华！

书卷多情似故人

“书卷多情似故人，晨昏忧乐每相亲。眼前直下三千字，胸次全无一点尘。活水源流随处满，东风花柳逐时新。金鞍玉勒寻芳客，未信我庐别有春。”明代写过《石灰吟》的于谦也写过这首《观书》，何为欢乐？一友一书一天地。读书越多，越觉得书海无边；读心越多，越觉得人心叵测；读人越多，越觉得人才难得；读世越多，越觉得世事难料；读己越多，越觉得才疏学浅。

我们为何不快乐？我们深受自己的思维模式和价值观的操控，我们总是用自己的触觉，要求和衡量这个世界。当我们年少时，充满无限的幻想，梦想着要改变世界。当我们长大了却很无奈，这个世界不会因我们而改变。当我们经历了很多刻骨铭心的痛，才知道：如果你无法改变世界，唯一的办法就是改变你自己，而改变世界从阅读开始，开卷开启不一样的世界，开卷遇见不一样的自己。

“我们读书越多，就越发现我们是无知的。”读书更多的是让你变得更加谦卑。因为越读书，你就越能发现自己的才疏学浅，知道的微乎其微。半瓶子墨水晃晃荡荡，形容某些知道了一点皮毛就觉得自己无所不知到处卖弄的人，或者指知道自己技不如人，不晃荡点墨水出来怕被人小瞧不甘心的人。一个没有真材实学的人内心必定空虚，一个内心空虚的人骨子里必定不自信，一个骨子里不自信的人，就像半瓶子墨水一样，总要晃荡点什么动静出来，让别人在意，让自己心安。其实，知识的本质并不是让人变得深奥和复杂，而恰恰是复原人的本真和简单，一个本真和简单的人才会无穷尽地去追问和探索大千世界的未知。现在有太多人误解了知识的含义，有太多人把知识当通行证，用过后就把它弃之如敝屣不再问津；有太多人把知识做门面，华丽的门面后仍是迷茫空虚无明；还有太多人把知识当阶梯，爬得再高所剩的仍是欲望贪心荒淫。生命有限，知识无穷，人永远到不了一瓶墨水的程度，你书读得再多，也只是半瓶墨水晃荡，没什么可炫耀可自以为是的。活到老，问到老，学到老，这是颠扑不破的道理。

“书是这一代对下一代精神上的遗训。”读书总能丰富我们的精神，潜移默化地改变我们。有些人看似每天匆匆忙忙，但总是一成不变；有些人看似每天闲庭信步，但总是给人惊喜。有些人只是忙在别人的眼里，有些人却忙在自己的心里。忙在别人眼里的称之为有形的忙，忙在自己心里的称之为无形的忙。有形的忙固然重要，也必不可少，但无形的忙的价值要远远大于有形的忙。生命很短，智慧很长。在人的生命进程中，一个正确的选择胜过万个盲目的行动，一次好的头脑风暴可以缩短通向成功的道路。没有目标的努力，没有计划的奋斗，都是空忙而已。静下来读书，思考，来一场净化心灵的头脑风暴，很有必要。读书的意义不是马上就能体现的，因为书上没有你所需要的答案。你要的答案只能是在你的生活实践中。书，读好了可以是一把万能钥匙，试着去打开各种早已扭曲变形锈迹斑斑的现实门；读不好却是一种禁锢，让你迷失于愚顽不化发霉发臭的故纸堆中不能自拔。

“书籍是培育我们的良师，无须鞭笞和棍打，不用言语和训斥，不收学费，也不拘形式。”书卷多情似故人，只有在文字的世界里，你才能越来越富有。闲暇之余，品茗焚香，穿越时空和地点的束缚，在电光石火间体验生命的奥妙，感受古往今来的知识通鉴，一生唯愿做一个读书人。

让生活变得淡一些

生活或浓烈，或淡泊，各有各的滋味。看惯了身边的世事，越来越喜欢淡淡的感觉。因为生活就像浓烈的花香，终究会变淡。淡，才是生活的本质，才是生活的根本。淡并非没心没肺，没趣没味，淡是情到深处的思，味到浓时的品，行到极致的觉。那份韵味，深厚而迷香；那种感觉，悠远而绵长。淡是一种高雅，娴熟而端庄；淡是一种品格，宽厚而博大；淡是一种简约，高贵而不奢华。淡是顺其自然，春看桃花秋看菊；淡是顺势而为，行看流水坐看云；淡是除却烦忧，简单快乐度平生。

康德的一句话影响了我很多：“决定我们是否富有的，不是我们拥有的东西，而是我们没有也行的东西。”所以对于生活，我们均应以“淡”字来衡量。以淡字交友，友自长久；以淡字止谤，谤自远离；以淡字识苦，苦尽甘来；以淡字解怨，怨自消失；以淡字瞰胜，胜自不躁；以淡字凝美，美自不华；以淡字诠失，失自犹得；以淡字省败，败自犹胜；以淡字悟凡，凡自不俗；以淡字释贫，贫自不贱；以淡字抚心，心自宽广；以淡字观人，人自无恻；以淡字对事，事自无繁；以淡字思境，闲适自在。

我有一个朋友，对自己要求甚高，每做完一件事，便要问一问：是否可以做得更好？因为做事不是做题，没有标准答案，只有无数个可能性，所以她总也不满意自己，弄得身心疲惫，脾气暴躁。虽然她刻意追求完美，但在别人眼里，她挑剔刻板固执，毛病一大堆，远不是一个完美之人。人无完人，做人只需：通达而不拘泥，尽力而不刻意。

我们不妨尝试做两个小试验，一是把一件你平时最喜欢的东西贴近你的眼睛看，你会发现你根本看不清这件东西的颜色和形状了，直看得你眼睛发花，意欲扔掉而后快。二是把你平时最喜欢闻的香薰靠近你的鼻子闻，你会感到这味道突然变得好难闻好刺鼻，直闻得你恶心想吐，再也不想闻这味道了。由此得出两个结论，一是近处没有风景，二是距离才能产生美。同样，人的相处也可遵循这两个道理，人走得太近往往看不到好处，听不到好话，闻不到好气息了，久而久之就会产生厌倦和排斥心理。就像婚姻中的两夫妻耳鬓厮磨整天在一起，恋爱期的风度雅量早已不复存在，看到的都是些鸡毛蒜皮的小事，难免产生口角，甚至发生家暴一样。怎样处理夫妻间的关系，有一句俗话说得好：小别胜新婚。由此可见，适时的分开，是处理人的关系、解决人的矛盾的一个极好方法，朋友间也是如此，不必走得太近乎，适当适时地分开会产生念想，更产生尊重，念想是友谊的桥梁，让彼此有再见的归途，而尊重是友谊的根本，没有尊重这个根本，友谊只是座浮桥，经不起时空的考验，一经风吹就轰然倒塌。古语说与人相处淡如水，更要有始终。这里的淡不是止于浅，而是像水一样清盈深邃而绵长。

一直喜欢赵师秀的一句诗："有约不来过夜半，闲敲棋子落灯花。"生活或许并没有太多的惊喜，抑或是繁华似梦，有的时候只是一缕清愁，一丝恬淡。淡是一种智慧，安分守己，才能让自己更美。如果你是绿叶，就要做好衬托的本分，如果你是枝蔓，就要做好支撑的本分，如果你是鲜花，就要当仁不让，展尽你的妩媚和奢华。每个人如果认清自己，找到最合适的生态环境，就能发挥出天赋和优势，做最好的自己。一个人成功与否，很大程度上取决于，你有没有认清自我的觉知和认清时事的冷静。

所以不妨学一学苏东坡，怀抱着"竹杖芒鞋轻胜马"的情怀，看淡一切世事。以平常心对世相云淡风轻；以欢喜心对无常处事不惊；以真诚心交朋友友朋自来；以赤子心报国家国富民强；以清净心对是非清者自清；以自然心对得失四季流转；以谦卑心对荣誉不骄不躁；以淡泊心对名利悠然自得；以慈悲心对生命百业消除；以宽恕心对敌人不战自胜；以平等心对下者尊严自在；以感恩心对社会一片祥和。每个洒脱背后都掩藏着魂牵梦绕的不舍；每个放下之前都经历过肝肠寸断的挣扎；每个微笑背后都掩藏着刻骨铭心的苦涩；每个转身之前都经历过心灰意冷的无奈。再寒冷的冬天，也有阳光照耀；再炎热的夏天，也有大雨滂沱。再冷漠的人，也有真情流露，再倔强的人，也有柔软时候。许多人，许多事，在时莫敷衍，去时不遗憾，在时要珍惜，去时莫挽留，生活就是你的。平淡地看这个世界，平淡地经历一切，做一个平淡的人，其实很幸福!

做一个生活的智者

“纸上得来终觉浅，绝知此事要躬行。”书籍能给你一个美妙而又富有乐趣的世界，然而我们需要体味百态的人生，才能变得更加智慧。因为你身边的一切种种都是生动的课堂，让你学到更多，让自己的生活充满激情，就像奥斯特洛夫斯基所说的，“人的一生可能燃烧也可能腐朽，我不能腐朽，我愿意燃烧起来！”一段时间，我有一个每天记日记的习惯，记下生活的点点滴滴，顺便也记下了许多对生活的感悟，且与大家一起分享：

3月1日 晴

对生活要适可而止。很多事，大家心知肚明，但说出来就没有意思了。最好的改变是不知不觉，最好的见证是似水流年，最好的语言是点到为止，最好的相处是互相尊重，最好的交往是保持距离，最好的情谊是有始有终，最好的生活是浓淡相宜。

3月2日 晴

对人生要不争。《道德经》说："夫唯不争，故天莫能与之争。"不争并不是无理，也许是有礼，有礼本是待人之理，有时据理力争显得无理；骂声虽然无礼，但也许有理，忍其无礼受之有理，有时忍一时无礼得一世理，不争反而能让你拥有更多！

3月3日 晴

对爱情要放松。给男人一点距离感，哪怕你心里爱死了这个男人，行动上也要表现得安之若素。这不是虚伪而是需要，男人天生喜欢美，距离才能产生美，俗话说"儿子自己的好，老婆别人的好"，"墙内看花墙外香"就是这个理。给男人一点神秘感，别把你心里的东西一股脑儿倒出来，你丰满的思绪也许正是他捕捉的目标，你却把自己暴露无遗。男人天生爱冒险，一场知道结果的游戏，一盘已知输赢的棋局，再也不能满足他的好奇心。给男人一点英雄感，不管你内心多么强大也要扮作小女人，在男人面前偶尔撒撒娇让他哄哄你，偶尔任任性让他让让你，偶尔装装傻让他帮帮你。男人骨子里都是大男子主义，容不得自己的女人比自己强，你弱他强，你强他逃。真正聪明的女人，不是用强势去收服男人，而是用魅力去折服男人。给男人一点温暖感，哪怕你身体再累别忘了给他一个拥抱，哪怕你工作再忙别忘了给他一声问候，哪怕你心情再糟别忘了给他一张笑脸。男人天生是长不大的孩子，敏感多疑脆弱倔强的性格，加之受了委屈也不能像女人一样大哭一场的天性，更需要女人的大度、包容。

3月4日 晴

对于天性要坚持。不要因为世界太过复杂摒弃了你的单纯；不要因为世界太过残酷摒弃了你的善良；不要因为世界太过虚伪摒弃了你的真诚；不要因为世界太过功利摒弃了你的初衷；不要因为世界太过丑陋摒弃了你的追求；不要因为世界太过沉重摒弃了你的热情；不要因为世界太过庸俗摒弃了你的才华；不要因为世界太过浮躁摒弃了你的本真。

3月5日 阴

不是同一个世界的人要远离。对一个思想不在同一纬度上的人，你跟他永远说不清道不明，不是你没有能力，也不是他愚笨，而是你们对事物的看法和理解相差甚远，甚至完全相反。对这样的人，若你没有宽阔的胸怀、坚强的意志、良好的心态的话，只能远离。

3月6日 晴

关键时刻要少说话。人的嘴巴越想证明什么越说明其内心的虚弱和不确定，真正的强大无需用嘴巴证明，事实会说话；真正对错不该用嘴巴证明，结果会说话。人很多时候没必要大嘴巴，去争个高低对错、清楚明白，有些事并无对错，有些糊涂就是明白。人更多时候需要睁大眼睛看清，开动脑筋思辨，放宽心量包涵，行动胜于雄辩，结果胜于表白，当你的嘴巴图一时之快，想要证明什么的时候，其实你的行为已短了一截，需要更多的作为去证明。

回顾往昔，难免感怀，小的时候无忧无虑，对于生活没有感觉，不需要“矫情”；慢慢长大，人就会变得越来越敏感，越来越矫情，开始思考人生，开始关注生命的真谛。什么才是人生的大智慧？随着时间的流逝以及阅历的丰富，越来越能理解老子所说的四个字——“和光同尘”，就是你能看透所有的好与不好，但不一定点破。敏于言，不是伶牙俐齿，滔滔不绝；慎于行，不是畏首畏尾，不敢超越。话不在多少，在于分量和重量；行不在张扬，在于稳健和有效。人前喜欢喋喋不休的人，看似在展示自己的能干，其实也在暴露自己的无知和弱点，不但剥夺了别人说话的机会，同时也失去了了解人性的机会。人与人的了解需要互动，人与人的和谐需要幽默，人与人的尊重需要距离，人与人的交往需要包容，人与人的信任需要真诚，人与人的情分需要养护。有时沉默是一种自我保护，有时矜持是一种人文素养，不把自己裸露在别人面前是一种智慧，不把自己的观点强加于人是一种大气。保护自己，尊重别人，圆融做事，踏实做人，才是人生的大智慧。德谟克利特说："智慧有三果：一是思考周到，二是语言得当，三是行为公正。"我一直自勉。

很喜欢歌德所说的一句话："智慧最后的结论是：生活也好，自由也好，都要天天去赢取，这才有资格去享有它。"智慧者不是遇事逃避拐弯的那一个，那些圆润有余的人也许算是聪明人，却永远达不到智慧的境界。智慧者直视事物的本真，对事物有着敏感的觉察，它们可以在花期中感出凋落，在凋落中读出芬芳；在光亮里省出黑暗，在黑暗中觉出光明；在虚假中观出真实，在浮华中视出糜烂；在世俗中保持清新，在纷繁中保持清醒，智慧者是灵魂的醒悟者。所以做一个智者，一个不矫情的智者。

牡丹幽兰　各有其香

在我的书房里有一副古代的诗联："梅须逊雪三分白，雪却输梅一段香。"上苍是公平的，不会把所有的好处都给到一个人，也不会把所有的坏处都给到一个人，很多时候好与坏不是一种状态，只是一种感受，就像春天花园里盛开娇艳的牡丹，西风凛冽中满院飒爽的黄花和曲径通幽处朵朵清新的幽兰，它们都按照其生长规律和习性竞放着自己的妩媚，它们都是最好的自己，你很难评价它们漂亮或不漂亮，因为这只是你的主观看法而已。就像我们看人一样，你看到的远不是真相，而只是主观的印象而已，更不能以此来做好与坏之分。很多时候，你见人钱少也许精神丰富，你见人钱多也许精神空虚；你见人位低也许灵魂高尚，你见人权高也许灵魂缺失；你见人笑也许笑里藏刀，你见人哭也许猫哭耗子；你见人靓丽未必有内涵，你见人风光未必有健康；你见人热闹未必有快乐，你见人得志未必有幸福。人生的哲学里说到底没有好与坏之分，只有善与恶之分，没有对与错之分，只有顺与逆之分。毛泽东说过：好人会变成坏人，坏人也会变成好人，好事能变成坏事，坏事也能变成好事。在我们好的时候要想到坏的结果，在我们坏的时候要想到好的可能，进步，知足，努力，随缘，做最好的自己。所以一直以爱德华•勒维的一句话自勉："你就是这道黑暗却强烈的光束，从属于你的夜晚中，照亮了他们曾经看不见的白天。"

三百年前的夜晚，一个落魄的书生，穷困潦倒，却在灯下写了一副流传千古的对联："有志者，事竟成，破釜沉舟，百二秦关终属楚；苦心人，天不负，卧薪尝胆，三千越甲可吞吴。"这个人就是《聊斋志异》的作者蒲松龄。有的时候自信和努力一样重要。这个世界上总会有人看轻你，并不是你真的很差，只是你不是一些人喜欢的那盘菜而已，你再怎么十分介意、百分殷勤、万分迁就地去做都是枉费力气。这个世界有人看重你，也并非你做得很好，只是你比较符合一些人的口味而已，稍有些进步，就有人十分理解，百分认可，万分欣赏。不要为那些看轻你的人小心卑微生气恼怒而活，要为那些看重你的人阳光积极舒心快乐地活。

康德在《道德形而上原理》当中说："如果竭尽自己最大努力仍然还是一无所得，所剩下的只是善良意志，它诚如沉睡的宝石一样，自身就发射着耀目的光芒，自身之内就具有价值。"有一句话：如果你欣赏我，请你静坐期待，我会让你更欣赏。如果你嫉妒我，请你远离，因为我会让你更嫉妒。如果你认为我出尘脱俗，我便是。如果你觉得我矫揉造作，我便是。如果你认为我清高自傲，我不反驳。如果你认为我俗不可耐，我便轻笑。你赠予的嫉妒、愤怒与诋毁，如果我都不接受，它们还是归属于你！

法国启蒙思想家狄德罗说：“没有目的，就做不成任何事情；目的渺小，就做不成任何大事。”内心永远要有美丽的目标，永远相信，野百合也会有春天。如果你有合理的梦想，当你想要走自己的路，即使有人质疑你这条路走错了，甚至你自己也开始怀疑，也许再坚持走一段，对错就会有结果，走对了就是成功的体验，走错了就是人生的经历。人们不看好的路，未必不是一条好路，人们不以为然的路，也许刚好适宜你走，世上本无路，走的人多了才成为路。相信李清照所说的那句话：“九万里风鹏正举，风休住，篷舟吹取三山去。”放心大胆地走自己的路，让别人鼓噪吧！

长风破浪会有时

如果生活欺骗了你，给了你太多的痛苦和艰难，怎么办？作壁上观，像鸵鸟一样，不闻不问；还是不畏艰难，迎难而上？“长风破浪会有时，直挂云帆济沧海”，李太白这句话感动了无数的人。那些想要成功的人，一直把这句话当作激励自己的兴奋剂。其实谁不想长风破浪之后的成功？很多事，想做成，除了努力之外，机会也很重要。不掌握好机会，一味蛮干，只会把本来可能的事，折腾成不可能。有些事，一开始觉得不可能，也不要轻言放弃，机会也许就在某个下一刻等你，你选择了放弃，就是放弃了努力的权利和成功的机会。成功三要素往大里说：天时、地利与人和；往具体说：机会、智力、努力，缺一不可。机会，给了你可能；智力，是你的基础；努力，锻炼了你的能力。于是，你有了一个不一样的人生。

“社会犹如一条船，每个人都要有掌舵的准备。”一个成功的企业家朋友告诉我：“人的成功与否除了考验其智商、情商外，还需要考验其逆商，逆商就是面对困难和失败后的态度和作为。”我们身旁有那么些人，智商很高，情商也不错，但总是混得不太好。经过观察发现，这些人做事没常性，成功与他们无缘，危险离他们很近；看见好处迎头就上，遇到困难掉头就溜；今天做这个，明天做那个，过段时间又去做别的了；见不得别人好，好肉总要亲自去尝尝。他们似乎很聪明，见识多，反应快，殊不知聪明反被聪明误，因为他们的逆商几乎等于零，他们不知道今日别人的好是多少昔日的苦和泪堆积而成的，没有拼的过程哪有赢的结果？没有失败的体验哪来成功的乐趣？聪明人的生命也许没有大落，但也注定不会有大起。成功没有侥幸可图谋，没有捷径可攀缘，没有现成可捡漏，真正成功的人，往往是坚持去做一件事的人，真正成功的人一定是面对过无数失败的人，真正成功的人一定是逆商很高有股子“傻”劲的人。

要知道，无论谁都不是一帆风顺的，所谓生活中的不如意十之八九，关键在于如何决处。许多时候人容易被情绪左右，有时人的气量再大也有许多委屈，生活中生气、上火、伤心、悲观的情绪在所难免，但再怎么不开心，你都应背过身去，自己擦泪，自己安慰，自己疗伤，自己调节，自己开脱，自己挺住，因为该你承受的没有人会替你承受，该你经历的终归要经历，该过去的还是会过去，过不去的别人也不可能代替你。如果你把这些全都写在脸上，整天拉着脸，生着气，发着火，像人欠你似的，把这些情绪的负能量带给旁边的人，不仅于事无补，只会让不喜欢你的人笑话，让喜欢你的人渐渐远离。不是孤单了就会有人陪你度过；不是跌倒了就会有人伸出双手；不是困难了就会有人帮你解难；不是烦恼了就会有人替你排忧；不是受伤了就会有人给你疗伤；不是挫折了就会有人代你受过；不是冤枉了就会有人替你出头；不是失望了就会有人替你播种。不要把希望寄托在别人身上，生活的那张帆总得靠自己撑起，心中的那片落叶总得靠自己捡起，生命的那朵小花总得靠自己润泽。

尼采曾经说过："一切美好的事物都是曲折地接近自己的目标，一切笔直都是骗人的，所有真理都是弯曲的，时间本身就是一个圆圈。"我们应该感谢生命充满了许多坎坷，因为有坎坷，才会成长。我们总是祈祷事事顺利，但当你回首往事的时候，你会发现，那些让你终生难忘的、值得怀念的人生的重要经历，都集中在那些曾经让你觉得并不那么顺利的事情上，而那些所谓顺利都成了过眼云烟。很多事情，不是没有办法解的，而是你不去想办法。懒惰者总是用退一步海阔天空来安慰自己；勤奋者总是用希望就在前面拐角处来激励自己；麻木者总是用随缘随分开解自己。我们要做哪一种人呢？

不管我们做哪一种人，都要承担无数的压力。列夫·托尔斯泰说："人生不是一种享乐，而是一桩十分沉重的工作。"所以永远不要逃避压力，别人能够与你一起分担的，那就不是什么压力，是压力，就得自己扛；别人能够跟你感同身受的，那就不叫什么痛苦，是痛苦，就得自己受。有些话，虽很想说出来话到嘴边又咽下，因为说了无济于事；有些事，虽很往心里去却装作没心没肺，因为怕成了别人负担。

其实，多年以后，当你一步一个脚印独自走过艰难险阻，一定会感激当初一声不吭咬牙坚持的自己。

生活必然要经历风浪，否则生命将失去颜色。永远记得人在岸边走路，哪得不湿鞋？人在社会漂泊，哪得不挨霜雪？人在俗世苟且，哪得不沾世故？但人如果太过世故，就会像红楼梦中的凤姐，容易伤人，又自食其果；人如果不谙世事，又会像民国时期的萧红，容易受伤，任俗世宰割。也许，人所需要的是恰如其分的那种“世故”，就像红楼梦中的薛宝钗，八面玲珑，端庄乖巧，人见人爱。虽然很多人不喜欢宝姐姐，但生活就是这样的现实版，它会逼你就范。勇于面对惨淡的人生，不畏惧，才是真的勇者。就像罗曼·罗兰说的那样：“宿命论是那些缺乏意志力的弱者的借口。”历经风霜后我始终相信人生就是熬出来的。正如孟子所说，“天将降大任于斯人也，必先苦其心志”，熬得过黑夜，就能开启光明；熬得过风雨，就能晴空万里；熬得过辛苦，就能硕果累累；熬得过寂寞，就能灵魂升华；熬得过失败，就能成功在握；熬得过平庸，就能非凡超然；熬得过修行，就能得道成佛。

哲思小语

⊙ 道路虽然拥挤，但终究是寂寞的，每个人都赶着自己的路，去完成自己的使命，即使偶有交集，也是慌忙的。缘分殆尽是无缘，无缘本是因缘起，原来无缘也是生命中的一种缘分，用这样的触角，去看待生命中的一切遇见，看什么都是美的画面，而且较之正常美，残缺美也许更打动人心、深入人心、激励人心，让你有想象空间、创意空间、提升空间，用一句流行的话：让你成长。

⊙ 别闲着，做你想做的事儿，做你该做的事儿，成功的最大意义也许是：让我们没时间变老。

原来，你所有的快乐和痛苦，所有的坚强和脆弱，所有的进步和停靠，都是为了走近和拥抱最初的那颗心……

⊙ 生活虽喧哗，但总有些声音让你感动而难以忘怀；日子虽忙碌，但总有些片刻让你惬意而回味无穷；人心虽复杂，但总有些良知让你单纯而义不容辞；道路虽坎坷，但总有些美好让你希冀而砥砺前行。

⊙ 有时，在一个极喧嚣的地方，在一个极热闹的场合，一堆人在吃饭，一堆人在说笑，突然会有一种孤独感油然而生，不能自制。而有时，一个人静静的，懒懒的，惺忪的，无聊的，却照样充实，不觉孤独。其实，孤独感和环境并没有直接关系，而是和你此时的灵魂所处位置有关系，当你的灵魂和状况不匹配，当你的灵魂和身体相距甚远，当你的身体追不上灵魂，抑或你的灵魂赶不上身体，人都会产生莫名的孤独感，所以有时人需要放慢脚步等等灵魂，有时人需要加快脚步追赶灵魂。当你的灵魂离你很近的时候，你会感觉很安静，很舒服，很踏实，很感性；当你的身体和灵魂合二为一的时候，你是敞亮的，理性的，专注的，智慧的，散发出的能量是巨大的。

⊙ 每个人在人群中抑或社会上呈现的一定是经过大脑包装的你，你的成功指数除了你的智商的高低，更重要的是你的情商的高低，智商是基础，情商是根本，你的人生出彩的程度，在于你的情商开发的纬度，情商越高越能克敌制胜，你的人生就越发精彩。

⊙ 我们寻寻觅觅，有时寻来的，并不是我们想要的；我们随遇而安，有时得到的，却正是我们所求的。也许生命原本单纯，是我们的虚荣心太复杂，也许生活原本简约，是我们贪念太深重。我们漫无目的地找寻，找寻一个永远达不到的目标。其实，你所要找的东西就是你自己，只是你的轻慢与偏见，一次一次将自己遗弃。

⊙ 一个人的净地，不在寺庙，而在内心；一个人的自由，不在天堂，而在灵魂。心若烦乱，即使身临佛门，天天吃斋念佛，心也不得安宁；魂若禁锢，即使身处仙境，日日歌舞升平，灵魂依然暗淡。

⊙ 一个人的眼界，不是从是里挑出多少非，而是从非里挑出多少是。

⊙ 人不能停止梦想。梦想是心灵的养料，就像饭菜是身体的给养。不管梦想成真了或破碎了，我们仍需要做梦，否则心灵就会枯死，人生就会变得了无生趣。

⊙ 我们寻寻觅觅探索生命的真相，有些终极真相，比如人生的无常、人性的丑陋，是那么显而易见地摆在面前，我们假装看不见理不清，无非是给活着一点面子罢了。

⊙ 痛苦，可以导致人产生两种截然不同的结果，一种是超脱以后的崇高，一种是堕落以后的卑鄙。

⊙ 真坏人并不可怕，可怕的是那个为了一己私利一边在你面前装着好人说着好话一边在你背后狠狠踹你一脚的假好人。

⊙ 有时候，人不是在玩弄虚伪，而是真的很无奈，不是在伪装强大，而是只能生挺着。人对着自己的内心，总有诉说不完的苦涩和烦恼，对着别人，却总是说“我没事”“我行的”。其实人的许多苦，只能意会，不能言说。说了，非但于事无补，而且，那些情绪的负能量，会影响你的生态环境，快乐将离你远去，你所受的苦，将变得毫无价值。

⊙ 一个人走在路上，看着川流不息的街景，想着不着边际的问题，一脸高深莫测或者有点呆滞的样子。忽然看见一个熟悉的身影，急忙堆起满脸笑意，有些尴尬，有些拘泥，接下来便是寒暄客套赞美俏皮诚恳谦虚。这就是人与人模子式的交往场景，你我何其相似。不知是世界伪装了我们，还是我们伪装了世界？我们讨厌虚伪，却摆脱不了模子式的交际。

⊙ 不管快乐还是忧伤，不管欢喜还是不舍，不管你是高官富贾还是凡夫俗子，不管你是自己的主人还是他人的仆人，不管你是谁的谁，时间对谁都一样不留情面，永远不会翻错了页码。眼睛一睁一闭，新的一天开始了，昨天淹没在浩瀚的岁月里，不容你回头惋惜。向前看，活在当下，争取未来，是每个人每天生活的价值所在！

⊙ 每个人都有自己的生命特质，或有这方面的长处，或有那方面的短处，我们必须了解和认清自己。为什么有些人辛苦做事，总是事倍功半，心有余而力不足？为什么有些人，一踏上岗位就得心应手，游刃有余？因为他们选择了适合自己的工作，前者却不然。所以要善于发现自己所长，善于认清自己所短，把生命发挥至极致，做个最棒的自己。

⊙ 天底下没有比人更高的山，只要肯登攀；天底下没有比脚更长的路，只要去跋涉；天底下没有比心更大的天，只要能包容；天底下没有比情更深的海，只要够真切！

⊙ 有些人，有些事，就像天边的云，远看如景——诱人，近看若霾——伤人。所以，有时候，人与人，你想保持一份美好，请保持足够安全的距离；你想保持一份善终，请永远不要靠近实相。

⊙ 很多时候，没必要你一句我两句地抬杠，同事伤和气，朋友伤感情，夫妻伤缘分，自己伤心情。死磕，不能显示你的能力，只能说明你没有气度，嘴巧而心不明，能干而性浅薄。就算图一时口舌之快，占到了一点小便宜，最终吃亏的还是你自己，就像一只全身长满刺的刺猬，永远猎不到鹰一样，有时候一种态度，比一万句回击更有力。

⊙ 很多误解都是刻意的，你用不着去解释，去辩白，就像一杯清水被人加了浑水越荡越浑，一张白纸被人涂了墨汁越描越黑。对待故意的最好办法要么是躺下直到你站起来，或者是远离直到安全的位置。有一句话说得好：人生的境界就像一座山，越往上人越少，你要留在山底与人斗其乐无穷呢？还是要站在山顶一览众山小风景这边独好？做人最成功的不是打败对手，而是让对手打不到你。

⊙ 不争，不是无进取，而是胸怀大志，取之有道；不畏，不是无敬畏，而是不媚权贵，不慕虚华；不怒，不是无是非，而是泾渭分明，心底清凉；不忧，不是无悲喜，而是乐人之乐，悲人之悲；不求，不是无目标，而是可进可退，顺势而为；不执，不是无毅力，而是可方可圆，水到渠成；不欲，不是无希冀，而是不贪不敛，不张不狂；不苟，不是无逾越，而是守住底线，超越自我。

⊙ 没有人应该对你好，对你好是幸运，对你不好是命运，要感谢幸运，接受命运，强拧的瓜终究不甜，强作的秀终究要散。你应该对人好，好是善缘，不好是罪因，广结善缘，杜绝罪因，植什么树赏什么花，种什么因尝什么果。你今天怎么样是昨天的选择；你未来怎么样是今天的抉择；你一生怎么样是每一个当下的决定。饶恕过去种种，是对自己最好的放生；善待每一个当下，是对未来最好的供奉；善待每一次遇见，善待每一种缘分，善待好的或不好的遭遇，结缘，惜缘，随缘，你的人生即使有缺憾也不会有遗憾。

⊙ 也许有那么一个时候，你看到别人都在迅猛发展，日新月异，枝繁叶茂，而自己虽忙忙碌碌，辛辛苦苦，却总是徒劳无功，原地踏步。但你千万不要因此灰心，更不要因此懈怠，每一棵植物都有它自己的成长期，而人的成长更是受着各种外力内因的影响，发展的阶段各不相同。当别人突飞猛进的时候，你也许正在深深地扎根，俗话说得好，根深才能叶茂，你的根扎得越深，越能吸取大地的精华，健康而茁壮地生长，也许有一天不经意间你会发现，你已长成一棵受人景仰的参天大树。

⊙ 你努力别人说你有野心；你淡泊别人说你不进取；你聪明别人说你有心计；你老实别人说你是傻瓜；你热情别人说你是虚伪；你冷漠别人说你是无情。你怎么做别人都有话可说，活在这个世上不可能不被人说，你管不住别人的嘴，但可以管住自己的心。别活在别人的眼里，做一个自信的人，做一个善于思考的人，做一个有主见的人，不离不弃自己的初衷，终有一天你的进步会超越所有人的视线，让别人瞠目结舌，无话可说。

⊙ 其实，人不一定背着背包行于路途才算旅行，足不出户的旅行更让人着迷。我们坐在家里，泡一杯咖啡或茶，翻着一页一页的书本，沉浸于或闲散或激荡的情景里……或者打开电视机看看新闻播报，再看一集电视连续剧……也是一种旅行。甚至，搬一张凳子静静地坐在窗口，看着路上的车水马龙，思绪穿越时空邂逅过去的人文，或者拜会未来之神……那也是一种旅行。凡是探索追寻触及那些不可知的情形，不论是风土的，还是心灵的，都是一种旅行。风土的旅行让你认知外界，心灵的旅行让你认知自己；风土的旅行让你修身，心灵的旅行让你修心；风土的旅行让你愉悦，心灵的旅行让你安静。

⊙ 人与人之间有一堵墙，这堵墙就是尊重，虽然看不见摸不着，却傲立在每个人的心里，这也是每个人做人的底线。那些不懂得尊重人的人，他们再怎么自以为是，再怎么把人当傻子，自己却总像傻子一样，被人拒于心门之外，永远走不进这道墙，只能在墙外演独角戏；只有那些懂得尊重人的人，才能用温暖牌的金钥匙，打开人与人之间那堵无形的墙，走进人的心里，成为真正的朋友。

⊙ 有时候，烦恼不是别人伤害了你，而是你太敏感；眼泪不是别人委屈了你，而是你太多情；郁闷不是别人忽视了你，而是你太投入；愤然不是别人侵犯了你，而是你太计较；痛苦不是别人强迫了你，而是你太介意。人总说放下，总是放不下；总说要看淡，总是看不淡；总说不介意，总是太介意；总说不计较，总是在计较。放下，故不伤；看淡，故不恼；不介意，心不乱；不计较，一切安。别人怎么吹捧你，你都不是个完人；别人怎么看待你，你都还是你自己 。只要做好你自己，一切福报不请自来。

⊙ 其实，你给予别人的都是自己“想”给的，你有没有想过对于你的给予别人喜不喜欢？需不需要？如果不需要，你给予的是废品；如果不喜欢，你的给予更是令人生厌。所以，当我们付出时，不要一腔热血，一厢情愿，要思考当不当，要掂量值不值。如果当，我们便毫不犹豫，如果值，我们便奋不顾身，否则，请斩钉截铁收回你的“好”心“善”意。不要怪好心没好报，不要怪善良受人欺，既然别人不需要，何必勉为其难，既然别人不珍惜，何必委曲求全。再慈悲，也要分清是非；再热情，也要懂得进退。当然，对于那些只想得到不思付出的人更要学会说“不”字。

⊙ 朋友说得好，人生就像天平，总是需要某种平衡：一边是给予，一边是接受；一边是付出，一边是得到；一边是耕耘，一边是收获；一边是物质，一边是精神；一边是自己，一边是他人。上帝也很为难，他不可能把所有的好事都让给你，也不可能把所有的不幸都塞给别人。看淡得失，你才能找到生命的最佳平衡状态。

⊙ 如果你有阳光的心态，就不惧猜忌，不怕流言，让一切不实的诋毁在阳光下消遁；如果你有月亮的灵魂，就无意争执，无视纷扰，让一切不适的困扰在月光下融化。不争，不是无骨气；不辩，不是无道理；不惧，不是无敬畏；不恨，不是无底线。

⊙ 也许你没有漂亮迷人的脸蛋，但你有大方得体的举止；也许你没有苗条性感的身段，但你有温文尔雅的个性；也许你没有伶牙俐齿的口才，但你有丰富细腻的心思；也许你没有果断张扬的处事风格，但你有低调谦让的品行，也许你没有才高八斗的造诣，但你有勤勉好学的态度；也许你没有聪慧过人的天赋，但你有真实善良的本心。

⊙ 不要对别人的长处羡慕嫉妒恨，更不要刻意模仿别人，当你羡慕别人的时候，也许别人正羡慕着你。每个人都是独一无二的、无可替代的自己，都有长处和短板，你可以学人之长，补己之短。但一味模仿别人，就像是东施效颦，把别人的特质生搬硬套在自己身上，最终扭曲的是自己，落得个被人耻笑的后果。请尊重、珍惜上苍给予你的一切，那才是最适合你的。

⊙ 有一种老去，不是容颜，而是心境；有一种苍凉，不是岁月，而是心情；有一种悲苦，不是日子，而是心绪；有一种焦灼，不是生活，而是心态；有一种漂泊，不是脚步，而是心灵；有一种美丽，不为悦人，只为悦己；有一种善良，不为感动，只为感恩；有一种真实，不为人情，只为心情；有一种金钱，不为挥霍，只为值得；有一种忙碌，不为名利，只为充实。

⊙ 人与动物的距离在于思想，没有思想的人跟动物没有什么区别；人与美好的距离在于欣赏，再美好的东西你都可以视而不见置之不理；人与神灵的距离在于敬畏，心有敬畏神灵无处不在引领你；人与世界的距离在于容纳，世间万物瞬间骤变只有包容；人与高山的距离在于登攀，世上无难事只要肯登攀；人与成功的距离在于坚持，唯有不懈的努力才能梦想成真；人与他人的距离在于理解，没有理解就没有良好的人际关系；人与一切的距离在于自己，你的一切都是自己的投射。世界上最远也最近的距离就是你与自己。

⊙ 不是每个美梦都是梦想成真；不是每个夙愿都是如愿以偿；不是每次遇见都是地久天长；不是每次得到都是天经地义；不是每次机会都是锦上添花；不是每次努力都是步步高升；不是每句善言都是意味深长；不是每滴泪水都是没心没肺；不是每个人生都是完美无缺；不是每个故事都是感天动地；不是每个驿站都是掌声响起。

⊙ 看透的人，处处都是生机；看不透的人，处处都是困境。拿得起的人，处处都是担当；拿不起的人，处处都是疏忽。放得下的人，处处都是大道；放不下的人，处处都是迷途。想得开的人，处处都是春天；想不开的人，处处都是凋零。做一个什么样的人，决定权在自己；有一个什么样的生活，决定权也在自己。

⊙ 看不见别人，是因为缘分不够；看不清别人，是因为眼力不够；看不懂别人，是因为真诚不够；看不透别人，是因为智慧不够；看不惯别人，是因为道行不够；看不起别人，是因为德行不够；看不得穷的，是因为慈悲不够；看不得差的，是因为胸襟不够；看不得好的，是因为心态不够；看不得别人，是因为修行不够。

⊙ 有一种笑容是堆出来的；有一种坚强是装出来的；有一种潇洒是做出来的；有一种能耐是练出来的；有一种智慧是磨出来的；有一种成功是忍出来的；有一种生活是逼出来的；有一种日子是熬出来的；有一种未来是豁出来的；有一种音乐是淌出来的；有一种幸福是流出来的；有一种精彩是溢出来的。

⊙ 人，在于善良；心，在于纯粹；爱，在于唯美；情，在于暖心；事，在于尽心；家，在于温馨；朋友，在于真心；知己，在于懂得；相伴，在于包容；默契，在于无声；幸福，在于感觉；生活，在于知足；人生，在于无悔；风景，在于欣赏；心态，在于平常。

⊙ 你很正直，总是直言不讳不拐弯抹角；你很大方，总是予人玫瑰不追求回报；你很包容，总是替人着想不追究利害。这些都是你的优点，但你是否知道，正是这些优点，成为对手攻击你的目标。每个人都有优缺点，当你的优点盖过你的缺点，你的对手正是利用你的这些明显的优点来打击你。适度的优点叫精彩，过度的优点叫灾难。

⊙ 人生路上，总有一段过往，一些东西，让你不堪回首，不愿重拾。其实，那些才是最重要的部分。因为没有它的存在，就不会成就你的现在；因为没有它的存在，就没有生活的滋味和精彩；因为没有它的存在，就没有人生的历练和深刻；因为没有它的存在，就没有生命的完整和意义。人生再美好经不住遗忘，生命再残缺也要去拥抱。

⊙ 不要用你眼睛看得到的东西去评判人和事，因为你所看到的只是你能看到的那部分，还有更多更重要的实相，你根本无法看到而且永远也看不到。更不要用别人对你说的一面之词去评判人和事，因为他跟你说的除了他看到的那部分外还添加了他自己的观点，距离实相只会更远更不靠谱。许多人许多事只可意会不可言传。

⊙ 当我们希望爱人对你真，希望孩子对你真，希望朋友对你真，希望领导对你真，希望社会对你真，希望生活对你真的时候，当我们诅咒一切都对你不真的时候，其实我们最缺的是对自己的真。每个人的内心都有一些晦暗而不愿触碰的真，也许是某个名字，也许是某段情感，也许是某段岁月，也许是某件事情，生生被我们自私地抹去。

⊙ 很多人喜欢逞能，明知道自己能力不够，还要强出头，这是一种很笨的处事方法。因为，你明明不懂却不懂装懂，会失去生活中的很多良师益友；你明明没底气却虚张声势，会失去机会的青睐和造访；你明明需要帮助却不愿求人，会失去朋友的支持和信任。要学会示弱，当你放低姿态，展示真我，会获得更大的感情支持和生存空间。

⊙ 虽然你很善良，但别指望得到的都是善报，因为善被人欺的例子层出不穷；虽然你很正直，但总是有人会曲解你，因为小人难度君子之腹；虽然你很优秀，但总有人会反对你，因为你只能吸引同类；虽然你对人很好，但总有人不领你的情，因为不是每个人都懂得感恩；虽然你很包容，但也要学会亲疏远近，不是所有人都值得你付出。

⊙ 也许你还在对刚才某人的一番话伤心难过，可你并未失去什么，她也未占得便宜；也许你还在对刚才发生的那件事耿耿于怀，可事情已经过去，剧情不能重演。其实，那个人只是你生命的过客，来了去了，不值得伤心难过；那件事只是你人生的驿站，聚了散了，没必要耿耿于怀。放过那些“无关紧要”的人和事，就是放过你自己。

⊙ 有目标的人在奔跑，没目标的人在流浪，因为不知道要去哪里；有目标的人在感恩，没目标的人在抱怨，因为觉得全世界都欠他的；有目标的人睡不着，没目标的人睡不醒，因为不知道起来去干吗；给人生一个梦，给梦一条路，给路一个方向！跌倒了爬起来，人生只有走出来的精彩，没有等出来的辉煌！

⊙ 大凡表面傲慢强势之人，内心都极不自信，所以需要虚张声势，故作掩饰；而一个真正自信的人，必定懂得谦虚承让，进退分寸。没有自谦的自信是自负，没有自信的自谦是自卑。自谦需要真诚，没有真诚的自谦是虚伪；自信需要积淀，没有积淀的自信会易碎。当你自信有了做事的根本，当你自谦则有了做人的根本。

⊙ 在最真实的情感中，无须表白，沉默是两心契合的语言；在最纯净的灵魂里，无须膜拜，沉默是人与上帝的对白；在最深重的苦难中，没有哭泣，沉默是苦难者的尊严；在最可怕的屈辱中，没有诅咒，沉默是屈辱者的不屑；在最枯竭的时刻里，不要慌张，沉默是灵感来临的前奏；在最色彩纷呈的日子里，不要张扬，沉默是生命的永恒之歌。

⊙ 这个世界上对两类人不能说真话，一类是骗你的人，一类是爱你的人。对骗你的人说真话是犯傻，对爱你的人说真话会伤害。所以说很多时候沉默是金，此时无声胜有声，沉默是一种看透后的觉醒，是一种超越语言的力量。

⊙ 不管是朋友之间，亲人之间，夫妻之间，同事之间，人与人相处难免有一些误会和摩擦。若你不懂得包容和忍让，什么事情都要争个高低，什么问题都要究个明白，那么，小误会就会变成大过节，小摩擦就会变成大风暴。有时候硬碰硬并不是解决问题的最好方法，冷处理才是解决问题的真正能力。生活中，乐于装傻是一种大智慧。

⊙ 不管你成功与否，不管你幸福与否，不管你称心与否，每个人都走在自己的人生路上，即使再不满意自己，即使再羡慕别人，也不可能换一条路来走。倒不如沉下心来，踏踏实实，走好自己的路。你会发现这条路没有熙攘，没有纷扰，没有阻隔，让人平和，让人安详，让人丰实。原来这条路才真正属于你自己。

⊙ 一切安好，并不是没有什么困难和困惑发生过，而是发生的一切已融入我们的生活，成为我们生命不可分割的一部分。

⊙ 擦肩而过的人，皆是无缘的过客；错过的事，终究化成一抹云烟。再刻骨的人，再深藏的事，也耐不住时间的软磨硬泡。别沉浸在往事中难以自拔，别让回忆成为一种羁绊。那许多的驿站，只是我们漫长行程中的无数点缀，不要轻易让情感、追求、信念窒息在途中。

⊙ 那个你曾经为之暗洒闲抛的人，那个你曾经与之擦肩而过的人，多年以后，你们再相逢，却完全没了以往的感觉，你甚至怀疑当初怎么会爱上这个人。原来爱会迷乱心智，让你失去方向，原来时间会抚平伤口，让你找到出处。其实让你流泪的并非真爱，真的爱，让你自在、安定并且快乐，时间也许是检验真爱的天平。

⊙ 为什么在交往中，有些人总能很快聊到一块去，大有相见恨晚之感？有些人怎么聊也是风马牛不相及，大有不如不见之憾？这是因为每个人的精神层面不同所致，有些人精神层面跟你比较接近，容易沟通，相互吸引；有些人精神层面跟你相距甚远，很难沟通，不能交心。相信这个世界好人居多，但不是每一个好人都能成为你的朋友。

⊙ 不要羡慕别人，你是你自己，永远成不了别人；更不要模仿别人，再精准的模仿，也只能差之毫厘谬之千里。成功没有模板，快乐没有克隆，幸福没有机器，各有各的活法，只要自己开心。幸福不是活成别人的样子，而是按照自己的意愿活着；快乐其实也简单，做自己喜欢做的事和喜欢的人在一起。只是人心太复杂，总喜欢绕道而行。

⊙ 当你很欣赏一个人的时候，其实你也具备这个人的美好，只是这种美好被你的另一面压抑着，障目而不自知。同理，当你很讨厌一个人的时候，其实你也具备这个人的不堪，只是这种不堪为你的理性所不齿，不愿意面对而已。说到底最终你要面对的不是别人还是你自己，别人只是你的一面镜子。

⊙ 有时候，机会蕴藏在错误里，运气兹生于不利中。面对错误不要退却，退却了，也许就再没有机会；面对不利莫要气馁，气馁了，也许运气就会溜走。

⊙ 有时候，我们觉得日子已过得很满，满得几乎要溢出来，忙忙碌碌，热热闹闹，争争吵吵，没有片刻安宁，可我们的生命却很空，找不到意义所在。有时候我们觉得脑袋已塞得很满，满得几乎转不过来，想天想地，想是想非，想你想我，想过去想未来，可我们的心却很空落，找不到半分依托。

⊙ 人脉只是给你更多的机会，但抓住机会还是要看你的本事。若你没有本事，再多的人脉都是虚设，再多的机会都是浪费；若你真的有本事，你自己就是别人最好的人脉，你自己就可以给别人机会。当你觉得这个社会人情冷漠，其实是你底气不足，修为不够，与其到处低声下气，阿谀逢迎，不如沉静下来，修炼好自己。

⊙ 即使地球停止转动，世界荒芜，日月倒转，四季不明，总有一颗星为你闪亮，总有一朵花为你盛开，总有一棵树为你傲立，总有一棵狗尾巴草为你低下头，总有一双眼睛，透过迷雾丝丝凝望你；总有一颗心，越过高山悠悠靠近你；总有一个人为你而生为你而死，为你而进为你而退，为你而笑为你而哭，为你而荣为你而枯。

⊙ 可以忍受痛苦，不可以忍受不齿；可以忍受贫穷，不可以忍受窝囊；可以忍受失败，不可以忍受颓废；可以忍受不足，不可以忍受无度；可以忍受不才，不可以忍受不学；可以忍受无知，不可以忍受缺德；可以忍受对手，不可以忍受小人；可以忍受偏见，不可以忍受是非；可以忍受沉默，不可以忍受敷衍；可以忍受无情，不可以忍受欺骗。

⊙ 寂寞是有个影子总在你心灵深处挥之不去，而你却清楚不过那只是影子而已，永远不会在现实中现身。纷繁是有个人总在你身边鞍前马后，而始终踏不进你的心灵深处，你却要用一生面对。

⊙ 治不愈的伤，祛不了的痛，解不开的怨，流不完的泪，放不下的事，忘不掉的人。很多时候，人真的不是说放下就能解脱，说忘却就能无关，说原谅就能放过，说没事就能了却。但放不下可以先放好，忘不了可以先搁置，不能原谅就先放生，不能除却就先放松，不要把怨愤天天挂在脸上给人看，只要多走一段路，时间总有办法冲淡一切。

⊙ 把买十件衣服的钱拿来买一件衣服，你的衣柜就经典了；把做十件事的精力拿来做一件事情，你的事业就经典了；把零乱的情感聚集在一个人的身上，你的爱情就经典了。

⊙ 人格是力量，魅力是磁场，道德是根本，能力是基础，自信是阶梯，谦卑是帮手，坚强是发挥，自律是保障，高调是推动，低调是保险，真诚是桥梁，宽容是境界，守信是名片，乐观是态度，担当是责任，坚韧是精神，信仰是源泉，梦想是动力，孤独是价值，思辨是智慧，失败是财富，坚守是成功，健康是一切，生命是永恒。

⊙ 谦虚是自信者的坦然，包容是乐观者的智慧，狂妄是无知者的顽劣，自大是自卑者的假象。

⊙ 靠耍小聪明，靠手段，也许能成一时之器，而真正的成功，要靠你修炼本性，完善品格，人格魅力永远是你成功的最好武器。

⊙ 当一个人过分炫耀有什么的时候，往往最缺的就是什么；当一个人过分抹黑什么的时候，往往最渴望的就是什么；当一个人说从没想过一个人的时候，往往心心念念就是那个人；当一个人对你过分热情的时候，往往心存芥蒂。人的虚荣心、妒忌心、骄傲心、功利心，造成了人刻意表露的东西往往是相反的，这就是人性。

⊙ 简单不难复杂才难；懂得不难无觉才难；随缘不难妄行才难；知足不难贪心才难；谦逊不难骄傲才难；低调不难虚荣才难；相遇不难相守才难；认识不难包容才难；读书不难读心才难，责人不难责己才难；机遇不难把握才难；成功不难放下才难；嘴说不难行动才难；做好不难坚守才难；快乐不难无忧才难；入世不难超脱才难。

⊙ 不要说不会做，没人天生会做；不要说没做过，总会有初次做。既然，你想拥有从未有过的东西，就必须去做从未做过的事情；你想比别人过得舒服，就要付出比别人多的努力。这世界很公平，天上不会掉馅饼，即使掉了，也不会刚好掉进你的嘴里，你总得伸手去捡起。你今天不做，明天就要加倍做，你明天不做，再做恐怕来不及。

⊙ 给你威严的绝非脾气而是正气；给你魅力的绝非修饰而是修养；给你口碑的绝非行头而是行为；给你加分的绝非丽质而是本质；给你动力的绝非道场而是市场；给你智慧的绝非经典而是经历；给你提升的绝非入会而是机会；给你睿智的绝非平常而是无常；给你成功的绝非运气而是争气；给你淡泊的绝非环境而是心境。

⊙ 难得糊涂不是真的糊涂，而是内心清楚外表糊涂实在做人巧妙应对；宽宏大量不是不讲原则，而是合情合理平衡大局用心感人。

⊙ 完美不在完整而在或缺；强大不在抗争而在包容；高贵不在权高而在灵魂；美丽不在刻意而在自然；幸福不在攀比而在感受；快乐不在光鲜而在舒心；爱情不在得到而在付出；拥有不在获取而在知足；追求不在欲望而在执着；成功不在负累而在顺势；生活不在忙碌而在相宜；人生不在苛求而在超越；命运不在繁复而在看淡；哲学不在书本而在实践。

⊙ 既然发怒于事无补，既然抗争徒劳无益，既然烦恼毫无价值，不如静下心来，认真回观自己做的一切，问一问自己：到底想要什么？随着时间的推移，真相会显出原形，原来事情没有你想的那么糟，原来没有解决不了的问题。你会因改变心态而改变想法，你会从改变中知道自己要什么，该怎么做。那些怒火、烦恼、不安都会离你远去。

⊙ 你不喜欢风浪，可大海始终在那里；你不喜欢阻隔，可高山始终在那里；你不喜欢沟坎，可道路始终在那里；你不喜欢黑暗，可长夜始终在那里；你不喜欢寒冷，可冬天始终在那里；你不喜欢凡俗，可生活始终在那里。生活就是这样，你不喜欢的人、事、物始终存在着，不会因你的喜好而改变，若你想要快乐，必接纳它们，和它们和睦相处。

⊙ 当你感到支撑不住的时候，往往离你的目标已经很近，千万不要回头。回头，将是茫茫一片；更不要放弃，放弃，一切终成空。咬紧牙关，再坚持一会，苦海的尽头定有鲜花盛开的彼岸，黑暗的尽头定有光芒万丈的太阳，隧道的尽头定有意想不到的礼物。或许这个礼物未必让你满意，也比空无一物来得好。

⊙ 人看逝去的东西仿佛都是好的，于是有了痛苦伤感、后悔沉迷，欲罢不能、挥之不去；人看当下的东西仿佛都是差的，于是有了贪心不足、挑三拣四、不忠不义、背叛疏离；人看未来的东西仿佛都是空的，于是有了胡思乱想、天花乱坠、执迷不悟……

⊙ 一个真正有学问的人，往往谦逊，不会逢人就教；一个真正有财富的人，往往低调，不会逢人就炫；一个真正有德行的人，往往慧心，不会逢人就表；一个真正有智慧的人，往往圆融，不会显山露水；一个真正有品位的人，往往自然，不会矫揉造作；一个真正有修为的人，往往安静，不会争先恐后。

⊙ 对人过分期望你得到的一定是失望，凡事追求完美你收获的一定是不完美。

⊙ 一个知识不全的人可以用道德去弥补，而一个道德不全的人却难以用知识去弥补。

⊙ 一个样貌有缺的人可以用灵魂去弥补，而一个灵魂有缺的人却难以用样貌去弥补。

⊙ 你若付出不一定有结果，这是无常；但你若不付出一定无结果，这是因果。

⊙ 当你的心贫瘠时，即使再多物质，也弥补不了你的空虚；当你的心孤独时，即使再多热闹，也解不了你的寂寥；当你的心不平时，即使再多给予，也填不满你的欲壑；当你的心偏颇时，即使再多真相，也改不了你的偏见；当你的心封闭时，即使再多美好，也驻不进你的心底；当你的心不静时，即使再多顾盼，也会错过最美的风景。

⊙ 富足来自知足；尊贵来自谦卑；智慧来自低调；强大来自内

涵；成功来自忍耐；和谐来自包容；高雅来自简约；美丽来自自然；快乐来自简单；幸福来自静安；贫穷来自欲望；卑贱来自傲慢；愚昧来自高调；软弱来自虚妄；失败来自无常；低俗来自平庸；丑陋来自狂妄；烦恼来自复杂；痛苦来自不平；一切来自自己。

⊙ 人活在世上，无非是面对两个世界，身外的大千世界和自己的内心世界。能说出来的，未必是太在意的；能写出来的，其实是可以放下的；存在心底的，才是欲罢不能、挥之不去的。不要期望所有人都懂自己，更没必要去懂所有人，做真实的自己，我们都是时间的过客。

⊙ 不管你是多好的人，不管你多有学问，不管你多有能力，不管你多么努力，心平气和都是你必须具备的修养和气质，否则你终将事倍功半，功亏一篑。

⊙ 你要真的晴好，须经历风雨的洗礼；你要真的高尚，须经历凡俗的浸染；你要真的和谐，须经历不公的遭遇；你要真的平安，须经历动荡的不安；你要真的大爱，须经历背叛的沉淀；你要真的幸福，须经历痛苦的磨难；你要真的实在，须经历虚妄的嘲讽；你要真的生命，须经历死亡的拷问；你要真的菩提，须经历涅槃的修行。

⊙ 一个人的思维，决定了他行走的方向；一个人的胆识，决定了他行走的途径；一个人的能力，决定了他行走的速度；一个人的毅力，决定了他行走的时间；一个人的志向，决定了他能走多远；一个人的意志，决定了他能攀多高；一个人的智慧，决定了他能创多少；一个人的胸襟，决定了他能修多远。

⊙ 一件事，就算再美好，一旦无结果，就不要再执意，否则你会疲惫；一段情，就算再不舍，如果留不住，就要适时放手，否则你会神伤；一个人，就算再喜欢，一旦缘分尽了，就不要再纠缠，否则你会心碎。也许离开是另一种坚守，放弃是另一种开始，你错失了夏花绚烂，必将走进秋叶静美。学会全身而退是一种智慧。

⊙ 一个人终有不顺意的时候，那些生命的得失，财富和权贵，甚至贫穷和病痛，若你只把它当作命运在跟你捉迷藏，今天失去了明天会补偿，现在得到了将来终归去。很多时候，想得多不如想得通，想通了殊途同归这个道理，你就不会在意那些得与失。你不在意了，那些该是你的还是你的。一个人的不幸是因为总惦记着那些失去的。

⊙ 你的能干，在一些人眼里也许是厉害；你的气质，在一些人眼里也许是做作；你的聪明，在一些人眼里也许是使坏；你的周到，在一些人眼里也许是虚伪；你的爽快，在一些人眼里也许是鲁莽；你的实诚，在一些人眼里也许是憨傻……总之，不管你怎么做，总有反对的声音。其实，你的人生幸与不幸无关他们的好恶，你完全不必理会。

⊙ 有些话你说出了图个痛快，转身就会觉得后悔；有些事你做出了凭个干脆，马上就会觉得不妥。所以，当你想说时不如忍一忍；

当你想做时不如看一看，也许过了这个当口，你会觉得一切都毫无意义。冲动是魔鬼，让你心生嗔怒，头脑发热，一旦冷静，连自己也不屑自己。碰到不喜欢的人，遇到不顺心的事，学会接纳与放下，自在心安。

⊙ 在淡泊中坚持，在纷呈中默然，在平实中执信，在曲折中匡正。

⊙ 人生就像爬过一半的那座山，一程是在父母的怀抱拉扯中，一程则是在老师的扶持推动下，你凭着惯性一步一步地往上，直到有一天你突然发现，这路上，只有你和一群决非面善的追赶者，你想回头，已没有下山的路；你想停下来，又不甘心落后；你仓皇往前，路上的荆棘，刺得你头破血流，你觉得好累，但你仍得走。

⊙ 每个人都有压力。学生有读书的压力；打工有考核的压力；老板有亏盈的压力；当官有升迁的压力；创业有成败的压力；生活有生计的压力；爱情有维稳的压力；甚至小孩也有熟悉陌生的压力。压力无处不在，谁都无法躲避。聪明的人，善于把压力变成动力，在抗衡中挖掘优势，发挥才能，改变逆境，提升自我。愚蠢的人，则不战自败。

⊙ 人生最可悲的是：搏着钱财，守着钱财，却没有享受的乐趣和时间；人生最可乐的是：虽然存款不多，赚得也少，却每天享有愉悦的心情，过着清闲的日子。金钱也许能买到短暂的欲望，欲望也许能挣回一堆金钱，可欲望和金钱，却要不到、换不回一刻悠闲的心境。不要羡慕别人拥有太多，拥有也许是另一种失去。

⊙ 女人的魅力不在样貌在素养；女人的魅力不在着装在气质；女人的魅力不在首饰在品味；女人的魅力不在奢华在自然；女人的魅力不在表现在内敛；女人的魅力不在精明在大气；女人的魅力不在强势在温柔；女人的魅力不在张扬在安静；女人的魅力不在嘴上在胸怀；女人的魅力不在肉身在灵魂；女人的魅力不在年龄在德行。

⊙ 若你不想遭遇尴尬，请放弃虚伪；若你不想遭遇虚妄，请接受真实；若你不想遭遇屈辱，请战胜苦难；若你不想遭遇惊悸，请爱上平凡；若你不想遭遇不齿，请拒绝贪念；若你不想遭遇冷漠，请心怀感恩；若你不想遭遇伤害，请远离小人；若你不想遭遇背弃，请停止抱怨；若你不想遭遇繁复，请抛却无谓；若你不想遭遇无常，请顺其自然。

⊙ 话——无须说满，满则少迂回；理——无须多辩，辩则少服人；才——无须卖弄，弄则少朋友；功——无须邀尽，尽则少肯定；美——无须彰显，显则少内涵；爱——无须起誓，誓则少真心；苦——无须常诉，诉则少听众；挫——无须沮丧，丧则少理智；调——无须定高，高则少唱和；路——无须从速，速则少通达。

⊙ 一个人活着注定离不开别人的视线。所以不能不在意别人的眼光，如果不在意，没了敬畏，没了制约，自由散漫，难成方圆。也不能太在意别人的眼光，如果太在意，没了自我，没了信念，患得患失，寸步难行。你无须迎合别人的观点，但不要轻贱自己的品格；你不能让所有人称心满意，但你能让更多人不讨厌你，重要的是做好自己。

⊙ 别人对你存疑是你自己做得不够好；别人冷眼看你是你自己不够强大。虽然我们做人做事无干别人，我们改变亦非为了讨好别人，但我们仍要使自己强大，强大是为了掌握命运，即使命运差强人意，我们也能笑着面对；我们仍须做得更好，更好是为了无愧生命，即使生活欺骗了你，我们还有一颗慈悲之心。

⊙ 任何的成功都是由劳累换来的；任何的辉煌都是由辛酸写就的；任何的幸福都是由痛苦酿造的；任何的才智都是由错误提炼的；任何的大起都是由失败铺垫的；任何的简单都是由繁复催生的；任何的非凡都是由平凡打造的；任何的今天都是由昨天铸就的；任何的未来都是由现在决定的；任何的人生都是由自己装点的。

⊙ 从前有一妇人卖酒为生，有个道士常去喝酒，总不给钱。一天道士对她说："我喝了你那么多酒，送你一口井作补偿吧。"说完院子里出现一口井，打上来的全是美酒，妇人再也不用动手酿酒。过后道士问妇人："酒好不好？"妇人说："酒虽好，可惜酒糟没了。"道士听后笑道："天高不算高，人心才是高，井水做酒卖，还怨无酒糟。"说完井不翼而飞。

⊙ 每个人从降生那一刻起，就注定有一个属于自己的位置，这个位置只为你准备，只可以你认领。有的人能认清目标，顺应环境，很快找到自己的位置；有的人受条件限制，命运捉弄，不能马上找到自己的位置；有的人受欲望的蒙蔽，名利的诱惑，总也找不到自己的位置。其实，人只要自己想清楚要什么，并干着什么，是你的总跑不了。

⊙ 自尊给发奋的人，带去的是动力、荣耀和快乐；给懈怠的人，带去的则是损害、虚荣和烦恼。

⊙ 人活着想要的东西不外乎：一种是精神财富，一种是物质财富。对精神财富而言，再多也是自己的，别人偷不去抢不走，固然安好。至于物质财富的纷争，狼烟滚滚，竟摧毁了人的善根，社会的公信。说到底那些财富，人有限的生命，究竟能享用多少？人一边巧取豪夺，一边挥霍无度。其实人想要的，一部分不用争，一部分不值得去争。

⊙ 人生具备一丝认真，方可功就名成；人生尝试一次潇洒，方可精彩绝伦；人生拥有一份清新，方可历久弥新；人生携手一种无意，方可魂牵梦绕；人生婉转一段简约，方可享用一生。

⊙ 日有起落，月有圆缺，海有潮汐，天有风云，地有升陷，人有生死。上帝创造了世界，让每个个体都不甚完美，其实不完美也是一种美，世界因为不完美而丰富多彩，波澜壮阔，博大精深。不要挑剔你所拥有的，你挑剔了你就不自在，世界还是以它的方式存在；你也无须迎合世界，真实地做好你自己，不完美但尽力。

⊙ 一个人只要内心沉静有致，不论何时何地，不论清风朗月抑或风雨相向，不论繁华闹市抑或乡野僻壤，不论大功告成抑或路遇羁绊，都能保持清明简约，安之若素。

⊙ 无须悲悯，很多东西并没有失去，且不会失去，它仍完好无损地存在于你的经历中、记忆里，跟你相伴相行。

⊙ 爱唠叨是女人的天性。在一个家庭里，当一个女人对男人的事不闻不问，不是这个女人开明或者懂事，那是因为她不再爱了，或者这个男人无可救药得让她感到失望了。爱需要沟通和表达，女人表达爱的方式，是对男人事无巨细像孩子一样的关照，诸如饭多吃点，早点睡，车开慢点等等。男人，不要轻贱女人的唠叨，那是一份厚重的爱。

⊙ 温柔女人不是弱不禁风，没有主见，而是阳光健康，大智若愚。不要把男人看成是压不垮打不烂的，再强的男人也有柔弱的时候，再刚的男人也有流泪的时候。男人有男人的烦恼，男人有男人的困惑。真正温柔的女人，是男人逆境时鼓励他发奋的那个；是男人顺境时提醒他戒躁的那个；是男人遭遇困境时，能撑起半边天的那个。

⊙ 人，最大的悲哀不是因犯错而受到处罚，而是因受了处罚还不知错和不认错。犯错并不丢脸，人生在世谁不犯错，有丑方知美，有错方知对，小错使我们预防大错，错误使我们成长进步。而不知错不认错，藏着掖着，自欺欺人，才是最大的错。今天要脸不认错，明天将脸面全无；今天执迷错误路，明天将后悔不归路。

⊙ 人，不但要经得起赢也要经得起输，要演得喜剧也要演得悲剧。很多时候，人，只能选择过程不能选择结果，就如古人云：谋事在人，成事在天。人生既有幸运就无法摆脱不幸，人要学会承受不幸。一个能够承受的人，面对不幸会平地崛起；一个不能承受的人，面对不幸会一蹶不振。一个不能承受不幸的人，才是真正的不幸。

⊙ 人与人之间的沟通是超越语言的。语言很多时候受大脑指挥，可以刻意，可以修饰，可以虚假。而行动却不然，它更受心的支配，来得更自然，更真实，更贴切。有时，我们情愿相信一切尽在不言中的默契，却不相信花言巧语的诱惑。行动其实是最好、最本质、最深刻的语言，不要被声音堵住耳朵，不要被假象蒙蔽双眼，道是无声胜有声。

⊙ 命运，给我们失望的苦酒的同时，也给了我们希望之杯，勇敢地喝了它，才能去盛接胜利的美酒。

⊙ 无语，有时是一种沉重的默认，有时是一种莞尔的无奈，有时是一种不屑的反抗。

⊙ 对女人来说，温柔比强势更解决问题。温柔女人，在生活中能获得男人更多怜惜与帮助，在情感上能获得男人更多爱和体贴。而强势女人，在生活中只能使男人依附于你，在情感上只能使男人对你敬而远之。温柔女人多朋友，强势女人多孤独；温柔女人多幸福，强势女人多痛苦。温柔不是没心没肺，而是更用心更动情。

⊙ 人有很多梦，梦深梦浅，梦长梦短。但，每个人心中，是否有这样一个梦，常常想起，却不敢触碰？因为害怕缘分太浅，即使走到世界的尽头，也不能如愿以偿，梦想成真；因为害怕造化弄人，即使今天梦遇彼岸，明天也会凡来尘往，你去我留；因为害怕世事如流，即使现在春梦缭绕，也难挡红尘变幻，天涯零落。

⊙ 人往往不会为自己犯错作检讨，只会为他人不对去指责；人往往不会为拥有什么去珍惜，只会为失去什么去痛惜；人往往不会在顺境之时思变化，只会在逆境之时求改变；人往往不会为缺少什么而不快，只会为渴望更多而烦恼。

⊙ 生活中有一句经典的话：前半夜想想自己，后半夜想想别人。因为人总是缺乏自知之明，看不到自己的不足，看自己是朵花，看别人是个疤，挑剔和抱怨成了习惯。其实你所见到的别人，都是自己的投射；你所成为的自己，都有别人的影子。别人易犯的错你也会犯，别人有的缺点你未必没有。看清楚自己，才能包容别人，了解世界。

Part 2 谈情

本雅明说:“我们谁也没有足够的时间经历各自生活的戏剧，这正是我们衰老的原因。”在一起的生活里，我们上演各自美好的一幕幕。大爱，本无价；大慈，本无界；大政，本无为；大喜，本无窃；大恨，本无根；大欲，本无求；大悲，本无伤；大行，本无言!

你想走近一个人，就选择离开；你想离开一个人，就选择走近。距离疏远了两个人，却拉近了两颗心；距离拉近了两个人，却疏远了两颗心。你想保持对一个人的仰慕，就拉开距离；你想保持对一个人的爱，就请离开。

萌动的花

罗丹说："世间的活动，缺点虽多，但仍是美好的。"如果你想感受美好，记得一定要恋爱。尤其是女性朋友，一定要来一场恋爱，因为恋爱能带给你无穷的美好，毕竟对于女子，有多少青春值得你蹉跎。还记得梅艳芳的那首《女人花》吗？"女人如花花似梦"，女人总是渴望得到甜蜜的爱情、幸福的生活，但很容易迷失自我，把爱当作全部。而经历了种种挫折之后，总会遍体鳞伤。女人如花，更需如一朵凌霜傲雪的花。女人必须懂得，家并不是你畅所欲言的地方，不是什么话都可以对丈夫说。也许你说的时候，他表现得很大度，对你安慰有加，让你感激涕零，其实从此以后他对你的感觉已打了折扣，总有一天在你们为琐事争吵的时候，他会狠狠地揭开你的伤口，让你疼痛难忍，后悔不迭。记住：要说事找朋友，有伤口请自舔，没有无凭无据的爱，更没有平白无故的原谅，只有两颗遍是棱角的灵魂在盲目地试探性触摸。

女人，不管白天还是黑夜，不管做梦还是意念，不管快乐还是伤感，不管繁忙还是休闲，要带着微笑的神韵，在世界的尽头绽放，别把你的微笑掩藏，背过身去空留遗憾。你那歇斯底里的呐喊，音符已化作冬天的雪，飘落在北方的江海，那余音缭绕化作闪电，已萌动春的情怀。在成长的过程中，能说服我们的并不是道理，而是感情；能打动我们的并不是语言，而是感情；能改变我们的并不是环境，而是感情。正如宋周邦彦词曰："人如风后入江云，情似雨余黏地絮。"我们有太多的感情好似这黏地絮不知不觉在岁月中蔓延开来，所以无法心无牵挂公平公允地看待世人、世界。

康德说："我们所有的知识都开始于感性，然后进入到知性，最后以理性告终。没有比理性更高的东西了。"我想，爱情也是如此。因为，爱情本身也是一种知识，一门我们永远都在试图去了解全部的学问。有人说要好生经营感情。然而万事皆可经营，唯有感情无法经营。因为没有任何一个量词可以作为衡量感情的标准。也许又有人说，感情是会变的，是会随着时间变的。这或许有些许的道理，可是有没有一种开关可以精确地控制它的收敛与宣泄呢？没有！时间不会改变感情，改变的只是人而已。我们只是在时间这条铁轨上被动前行。路程上有同行者，有异路人，在一起，未必是真爱；离开，不一定是背叛。人生不是别人拯救你，就是你拯救别人。当你拯救别人时，你也拯救了自己；当你被别人拯救时，你也拯救了别人。爱情和婚姻，永远都是一件值得你去探索的事。

爱永远都是迷人的，不管伤得有多深，有多痛苦。人仿佛痴迷于这般藕断丝连的存在感，并为它取了一个好听的名字“缘”。还是古人有趣，所谓“月难圆，只应花月似欢缘，秦筝算有心情，在试写，离声入旧弦”。花开只因缘起，而后方有情生。要珍惜这来之不易的萌动之花，悉心照料，待它绽出最美的一刹。就像大哲学家罗素所说的那样：“爱情只有当它是自由自在时，才会叶茂花繁。认为爱情是某种义务的思想只能置爱情于死地。只消一句话：你应当爱某个人，就足以使你对这个人恨之入骨。”

爱过知情重　醉过知酒浓

《牡丹亭》里讲过：“情不知其所起，一往而深。恨不知其所踪，一笑而泯。”爱情是一种感觉，来了你休想推辞，去了你无法挽留。有时我们觉得爱了，那只是喜欢而已，一旦真爱来临，你才会明白，过往的都是无知的冲动。又或许真爱已经来过，而我们已经错过。

小的时候读元好问的《摸鱼儿》：“问世间，情为何物？直教生死相许。”那时候渴望这种爱，而现在读起来，感觉太过沉重。爱，应该是美好的。西德尼·史密斯说：“大量的友谊使生命坚强，爱与被爱是生活中最大幸福。”所以爱一定是值得拥抱的。什么是爱？我觉得爱像一首诗，有平仄，才有韵味；生活像一本书，有曲折，才有深刻；人生像一道风景，有错落，才有美丽；生命像一方宇宙，有万象，才有璀璨。人生没有绝对的完美，世上没有完全的安宁。你所经历的一切一切，都只是岁月的符号，生命的律动，人生的点缀，仅此而已。爱看上去很简单，其实也很难。之所以爱总是给我们带来烦恼，是因为我们爱得不够纯粹，现在的爱往往附加着要求和条件。社会的、精神的、物质的、外在的、内需的，我们的爱在不断的现实考量中，隔阂错位失衡以至崩溃。而真正的爱则是纯粹的简单的无私的付出的没道理的，爱了就是爱了。我们享受不到这种境界，是因为复杂的思想庸俗的观念自私的本能所驱。爱是付出，爱是包容，爱是呵护，爱是过程。爱不是千方百计想得到的那种；爱不是要死要活要结婚的那种；爱不是投资，今天付出明天需回报的那种；爱不是计较，今天输了明天定要赢的那种。爱是机缘，爱是浪漫，爱是深刻，爱是成熟。爱是炎炎夏日的绿叶，爱是凛凛寒夜的星光。

什么是真正的爱？我很难下一个定义。我相信爱是没有芥蒂的，婚姻是有芥蒂的，爱是没有理性可言的，婚姻是理性的产物。不是相爱的人都能走进婚姻殿堂，不是走进婚姻殿堂的人都是彼此的最爱。婚姻是谈好的契约，需要去经营，而爱是没有道理的存在，不受时空所限。一个人一辈子也许只有一次婚姻，但是你遇见的可爱的人也许不止一个。保护好你的婚姻，收藏好你的爱，才能让你的生命不遗憾。“花开堪折直须折，莫待无花空折枝”，女人如花，爱得绚烂，绽放得绚烂！其实爱情就像沙漏一样，两端的世界会有你来我往，爱得太多或太少都不好。一方的付出终究会占据对方的世界。太多则会让对方手足无措，太少则会让两端距离越来越远，失败的爱往往会造成本末倒置的结果。只有适当的给予才能换得最大的空间。要记得放人一马，人生还有很多的事要做，生命还有更大的爱要担。要让两个人的爱保持新鲜度，首先要保持两个世界的完整。

但是不要太过于执迷于缘，错过与离开经常发生，有些说不清楚的感觉，都是些虚浮无常的缘分。就像火车开过沿途的风景，这一刻进入你的眼帘，令你扼腕不已，下一刻却注定离开，渐行渐远。须知人生太多无奈，不是每一道风景都可以停留，不是每一个夙愿都可以成就。携一份从容，留一份清醒，属于你的缘分，其实早已存在，只是尘海茫茫，须静静等待。其实纵观大自然，如：白昼黑夜，月圆月缺，花开花谢，潮起潮落等，那些不完美的现象，也是对人的生命最恰当的诠释。上帝创造了大自然，同时创造了与之相配的人类。上苍是公平的，任何一种缘分都是天意，有其自己的规则。不管你如何扼腕叹息，该去的还去，该来的还来。繁华应季而落，潮水因汐而涨。若说有缘，为何你得到他的人，却得不到他的心？若说没缘，为何在遥远的地方，或者在遥远的未来，总有一颗属于你的心牵绊你？缘分是什么？缘分是六月里火辣辣的天空下起的及时雨；缘分是冬天里的一把火温暖了冰冷的心；缘分是古道上无助的你偶遇的驿站；缘分是人海中擦肩而过的人让你魂牵梦绕的回眸一笑。“玲珑骰子安红豆，入骨相思知不知？”爱就在你的心扉。

美好的爱情可遇而不可求，有多少人能遇到，有多少人能体验到？有的人咫尺天涯，即使每天在一起都是陌生得恍若彼岸花遥不可及；有的人天涯咫尺，即使不能在一起也是亲切得仿佛久别后心有灵犀。人与人的相处远不是缘分那么简单。缘分是做着不同的事有着相同的梦的人；缘分是不用任何语言能明白你的人；缘分是在彼此影子里能遇见彼此的人；缘分是远隔千里之外能同时笑出声的人。不求你深深记我一辈子，只求别忘记你的世界我来过。不是每个擦肩而过的人都会相识，也不是每个相识的人都会让人牵挂，至少，我们在今生，在那个地方，在一转身的时候没有错过。偌大的地球上能和你相遇，真的不容易，感谢上天给了我们这次相识相知的缘分。别忘了，你的世界我曾经来过。

再回头思考一下爱情，难道拥有了爱情就一定是好的吗？为什么有些人置身爱中，享受不到爱的快乐？因为，他们都是带着条件和要求去爱，所以当所遇到的爱不够条件或不符合要求时，便开始质疑和埋怨爱的真实性和可靠性了。其实爱本身很简单，爱是没有理由的心疼；爱是没有条件的付出；爱是不计前嫌的宽容；爱是不计成败的行动，是人的欲望和不负责任把爱变得既复杂又庸俗。既然已经爱了，既然已经选择了，就不要因为一次爽约、一次争吵、一次误会、一次小小的伤害，而裹足不前或轻易离开。千千万万人中遇见他，千千万万人中爱上他，千千万万人中选了他，这种缘分得之不易，要感恩老天的安排。试着再相信一次，再试一次，并珍惜这一次能成为最后一次。也许你会发现，历经风雨的爱，更让你不舍。

其实爱也是一种关系，只是一种特殊的关系而已，需要我们掌握好火候。“青年男女应当保持真诚的关系，也就是说，要有这样一种关系：无论对任何事物，不夸大，也不低估。如果彼此不欺骗，如果尊重自己也尊重他人，这时候，不管保持什么样的关系——友谊的、爱慕的等等关系——那都是健全的关系。”更多的是互相尊重，互相帮助。在爱情的法则里，有的时候也是守恒的。爱情中两个人相加等于十分爱，你爱对方五分对方爱你也五分，你爱对方八分对方只剩下两分，你爱对方十分对方爱你所剩无几，我们把它视作空间学。反过来同理。不要把十分的爱都攥在手中，这样的爱太累，总有一天会从你的手心滑落；不要把爱的空间都占去，这样的爱太苦，总有一天你的心会在枯寂中死去，爱是两个人的事。爱情就像黑夜里的一把火，只能照亮你某个阶段，感情才像黑夜里的长明灯，给你无穷无尽的希望。女人，不要把爱看得太浪漫，浪漫的爱情像一团火，燃之愈烈，灭之愈快。那些电影、电视剧中生生死死的爱，只是人们杜撰出来的精神鸦片，你越有瘾，幸福就离你越远。很多时候，婚姻不是爱侣的结合，而是感情和理性的结合。

爱情最好的状态是什么？以前读到过苏武的一首小诗：“努力爱春华，莫忘欢乐时，生当复来归，死当长相思。”我不知道他为何而写，只是觉得这是对爱情的最好诠释。最理想的爱情状态：不是如瀑布一泻而下，而是如溪水涓涓而淌；不是如江河千回百转，而是如湖泊碧波荡漾；不是如春天浓郁的玫瑰，而是如秋天恬淡的菊香；不是如四季炙热的太阳，而是如冬天温暖的光亮；不是如唇边恒久的浪漫，而是如耳边萦绕的絮语；不是如珍藏的美丽回忆，而是如守护的不离不弃，简单爱，才能持久。

不可否认爱是神圣的幸福的，但我们必须认识到真实的生活。现实生活还告诉我们：爱是脆弱的不靠谱的。原因很简单，人除了爱以外还有更多不可或缺的追求，譬如感官、物质、权力、荣耀、享乐、依附、控制等。爱的正能量在起始时，也许能掩盖那些欲望，但好景不长，人在爱里面的放任骄纵，问题很快暴露。爱很浪漫，生活很现实。爱无须规划，生活需要心机。感情和理智，是人的内心的一对冤家，它们有时亲密无间，让你凡事省心，心情灿若阳光；有时却大打出手，让你措手不及，心情泛若洪水。爱不是迁就而是包容，包容对方所有的缺点，不能包容的爱不深；婚姻不是改变而是接纳，接纳彼此所有的差异，不能接纳的婚姻不长。也许，我们都曾经为爱收敛，为婚姻改变，然而收敛终不能永远，改变终不能全部。原来幸福只是一个美丽的误会，止步在爱的奈何桥上；原来爱是那么脆弱，竟毁于人性的短板。

对于爱，我们要永远记得坚持和追求，但不要过于执迷。因为有坚持和追求，才会有收获。因为没有执迷，才不会方寸大乱。人在爱着时心里却计较着被爱，这使得爱变得脆弱敏感，使得爱显得庸俗不堪。在爱情里，一个人如果总是斤斤计较，只想着被爱，受之当然，今天你也许被人宠着哄着，明天还是会被生活抛弃。人只有充满爱人之心，懂得去爱，懂得付出，即使今天不被人爱，明天也会被爱包围。对人来说最大的悲剧，不是不被人爱，而是失去爱心。有些人当时你觉得很爱，大有没他不活的感觉，最终因为一些原因没有如愿，可若干年后，你会为没有选择他而暗自庆幸，你会怀疑自己当时怎么会爱上他，你会觉得自己那时实在太青涩太无知太没有思辨。时间会改变一些东西，包括爱。女孩，你可以主动谈恋爱，但不要急着嫁人，待爱成熟，再嫁不悔。

所以，朋友们，千万不要羡慕别人的爱，爱的教条也许重复，爱的誓言也许雷同，爱的剧情也许相似，但爱却是千姿百态、千娇百媚的；爱的教条也许高大，爱的誓言也许美好，爱的剧本也许传奇，但爱却是真真切切，踏踏实实的。爱就像一朵朵飘浮着暗香的小花开在我们各自的生活中，我们也许看不到，也许假装看不到，也许已厌倦，但当我们羡慕别人爱人的时候，也许别人也羡慕着我们被人爱，正所谓墙内开花墙外香。只要我们收回那双因羡慕游移的眼睛，找回那颗因不平流浪的心，其实你会发现，属于你的爱始终就在你身边，从未曾离开。爱是生活的点点滴滴，你爱她，原本便在；你不爱，悄然远离。

美好女人的模样

“整个太阳是残酷的，整个月亮是苦的，辛辣的爱情使我满身麻醉，龙骨崩散，沉入海底。”大多女人都沉醉于初恋的感觉，第一份礼物，第一次牵手，第一句“我爱你”，第一个拥吻，世界仿佛停止了转动，定格在那个时光。婚后的日子很现实，面对的不再是花前月下的浪漫，卿卿我我的缠绵，而是一日三餐的劳顿，生儿育女的艰辛。事实与想象的极大落差，使她们变成妒妇怨女，于是乎日子未老情已老，婚姻未碎心已碎。

“在艺术里，有所保留就是追求完美。你消失了，永存于一种异样的美。”这句话表面上说的是艺术，其实也是对爱情这门艺术最好的诠释。在爱情里，最好做一个主动者。现代的女人，要爱自己的男人，但不要把安全感寄托在男人身上，男人的给予只是昙花一现，不能天长地久。你越是迁就，越想得到，就越不得善终，越不能得到。外貌姣好终将老去，感情再深也会淡化，财富多了只会招惹是非，所以，女人的安全感并不取决于你嫁的那个男人，而取决于你内心有多强大，有多自信。

最好的女人的模样，不是自怜自爱，而是勇于去追。以前读唐诗，最不喜欢读宫怨诗。对于这些寂寞而老去的宫女，我不仅充满了同情，也充满了对自己无尽的鞭策。“红颜未老恩先断”，是一种凄怆。女人最可悲的，不是没有人爱，而是自己不爱；女人最可恨的，不是别人不尊，而是自己不重；女人最可惜的，不是别人不宠，而是自己不惜；女人最可叹的，不是年华老去，而是丧失自信；女人最不值的，不是付出自己，而是牺牲自己；女人最不幸的，不是红颜薄命，而是自暴自弃。

所以不想让男人忽视你，最好的办法就是重视自己；不想让男人看低你，最好的办法就是自食其力；不想让男人伤害你，最好的办法就是别爱上瘾；不想让男人讨厌你，最好的办法就是适可而止；不想让男人离开你，最好的办法就是若即若离；不想对男人很失望，最好的办法就是不指望他；不想嫁个负心男，最好的办法就是做个智慧的女人。

聪明的女人都明白，找丈夫未必找你最爱的，但一定要找你最适合的。爱会蒙蔽人的眼睛，麻醉人的大脑，一见钟情的爱往往短命。爱是简单的，爱了就爱了，爱是精神层面的东西，婚姻却不同，还有太多其他层面的东西，社会的，家庭的，世界观的，个性的，文化的，内涵的，外表的，物质的，欲望的等等。其实婚姻是爱与现实的结合体。

女人，不要把回忆当作人生的全部，以至于疏忽了已在你手心的幸福；不要轻慢你真正拥有的当下，以至于幸福从你指尖悄悄滑落，成为一段让你追悔莫及的回忆。就此周而复始，时光流过，青春不再，你却死守着快乐和不快乐的回忆，虚掷光阴。很多时候，真爱不是没有来过，而是被你我的刻意错过了，被你我的轻慢糟蹋了。

鱼玄机有一首诗说:“羞日遮罗袖，愁春懒起妆。易求无价宝，难得有情郎。枕上潜垂泪，花间暗断肠。自能窥宋玉，何必恨王昌。”其实作为一个女人，真正能让别人倾倒的不是你的美貌，而是你的才情；真正能让别人欣赏的不是你的时尚，而是你的独立；真正能让别人折服的不是你的练达，而是你的思想。女人的样貌固然重要，但抵不住青春苦短，岁月催老。女人，与其花很多金钱来粉饰装扮，以护持你的容颜，挽留你的青春，不如花更多时间读书充电，以丰富你的内在，修炼你的才情。才情，是女人永不衰老、永不过时的一件衣裳，拥有它，便拥有了美丽；才情，是女人通向成功，通向幸福的一张船票，掌握它，便掌握了命运。

关于爱情的故事，屡见不鲜。有多少是有一个完美的结局的呢?以我的了解，好像并不多。《史记》里讲了很多的故事，脍炙人口。但是给我印象最深的，莫过于一句话:“以色事人，其能久乎？”是的，容颜永远不能给你安全感！女人养颜固然重要，但不管你怎么花心思，花钱财，花精力，时间的风霜仍会无情地在你脸上刻下年轮的痕迹。其实，女人若想永葆活力，无须滋养进补，只需与时俱进；女人若想永葆魅力，无须涂脂抹粉，只需修身养性；女人若想博得尊重，无须尽显奢华，只需丰富内涵；女人若想男人不弃，无须邀宠作嗲，只需提升自我，活出自己。

其实生活美好的模样很简单，一个用心的女人，一片白云间可以听到雷声；一潭清水中可以看见暗流；一朵鲜花里可以读懂四季；一米阳光下可以博得春天；一本书本里可以获取灵魂；一个故事里可以读出生命。一个用心的女人，注定具有诗意和美好心灵；一个用心的女人，注定表面孤独，内在丰富。只要拥有一份执着，一份坚持，内心总会收获一份美好。

拥抱爱情，向往婚姻

少年时读元稹的诗：“曾经沧海难为水，除却巫山不是云。”每次总能有一股莫名的感动。爱情就是这么美好，婚姻就是这么令人感动，令我神往。很多人都畏惧婚姻，觉得婚姻就是人生的坟墓，其实那是不懂得如何经营婚姻。

我认为爱和婚姻的不同在于：爱是感情的事，只存在于恋爱者心中，爱可以是一个人的事，也可以是两个人的事。婚姻却不同，它涉及方方面面，社会制度，意识形态，人文观念，优胜劣汰等，感情似乎微不足道。所以爱很简单，婚姻很复杂；爱很浪漫，婚姻很现实；爱很美好，婚姻很受伤；爱只需深爱，婚姻则更赖天时地利和人的抗衡能力。

如何才能维持一段好的婚姻？很多朋友在婚礼上海誓山盟，许一生幸福美满，但是最终却以凄凉收场。归根到底，还是缺少一份宽容。好婚姻最需要宽容，宽容是爱的营养剂，当你懂得宽容，你才有资格，有能力去爱。倘若不懂得宽容，即使爱得死去活来，即使侥幸踏入婚姻殿堂，你也没有能力将这份爱进行到底。现实生活中，不断升高的离婚率告诉我们：爱很现实，不可能在一个人身上发生或消失，爱是两个人的事，需要交换能量，互惠互利，共同依存。若想爱得长久，先学会宽容。

好婚姻需要门当户对，门当户对其实不是物质的贫富关系，而是精神的贫富关系。两个精神境界相近的人在一起，对事物的看法相对接近，较容易相互沟通理解，即使情感稍逊，也能相敬如宾。相反，如果两个精神境界相差悬殊的人在一起，对事物的看法十分相左，不容易相互沟通理解，即使恩爱有加，话不投机也会使婚姻受到伤害。只有三观相近的人在一起，才会幸福。

婚姻的杀手不是不爱，而是当爱变成习惯。婚姻不是一纸契约就能守住，不是进入婚姻殿堂就能坐享其成。爱像是燃烧中的能量，总有一天会燃尽，需不断添加燃料；爱像是一棵嫁接的树苗，有向心力也有排他性，需不断养护催生。女人的温柔不是傻傻地爱，而是用女人特有的智慧，不断给爱添加养分和燃料，让爱始终保持新鲜感。婚姻最大的敌人是猜忌，猜忌往往是婚姻双方条件悬殊，而弱方表面自大实则自卑在作怪，他潜意识中不相信这段爱情的真实性，害怕输了自己，他的眼睛总在暗处盯着对方的一言一行，无时无刻不在防备着揣测着，致使自己心力交瘁，对方不知所措，婚姻成了闹剧。既然爱了不必质疑，既然选择何苦伤害。婚姻，选择合适的更重要。

很羡慕纳兰性德《浣溪沙》里写的："被酒莫惊春睡重，赌书消得泼茶香。当时只道是寻常。"这样的生活，给人无限的欣慰与向往。确实，婚姻到最后就变成了生活，能接受婚姻中的一切才叫懂得生活。当你的女人在你面前撒娇，至少她还把你当爱人；当你的女人在你面前哭闹，至少她还把你当男人；当你的女人在你面前唠叨，至少她还把你当亲人；当你的女人在你面前沉默了，你在她心里就什么也不是了。女人温柔，柔情似水；女人心硬，硬比石头。所以啊，男人，若还爱着你的女人，要乐得她撒娇，迁就她哭闹，接受她唠叨。夫妻、情侣间的吵架不可避免，但千万不要恶语相向。有事说事，点到为止，适当回避是最好的办法，千万不要大喊大叫，得理不饶人，或者无理取闹，这样并不利于释放彼此的情绪，只会使人变得更加愤怒，甚至狂躁至拳脚相加，让两人的关系面临尴尬，而难以收场。聪明的女人不唠叨，聪明的男人不逞强，热爱生活，才会经营婚姻。热爱对方，才是救赎自己。

婚姻离不开依恋，女人对男人依恋，有时候并不需要男人对她信誓旦旦，千依百顺，而只要在她最脆弱最难过的时候挺身而出，给她一个安慰，给她一双臂膀，给她一份怜惜。女人对男人的绝望，有时候并不是因为他有多花心，爱上别的女人，而是因为在她最无助最需要的时候无动于衷，给不了她一个问候、一双可靠的臂膀，和一份男人的担当。夫妻间的吵架，很多时候，都是一些鸡毛蒜皮的事情引起，千万不要为逞一时之能，为争一口之气，一根筋到底，走火入魔……其实把对方逼入死胡同，过不去的还是你自己。有时候，忍让是一种美德，一种需要，是最好的武器。很多家庭矛盾在忍让中迎刃而解，很多怨妇妒女，独夫悍男在忍让中成为绕指柔。

现实中，很多时候，两个好人未必就能走到一起，就像把两块圆润的碧玉放在一起，缺少黏合力，容易碰撞破碎。反而两个不尽相同的人，在个性上凹凸有致，镶嵌互补，更易相处。记住：找朋友，找对象，不是找好的，而是找合适的。无缘人，即使每天在一起，也无法占据心灵；有缘人，即使不小心走散了，两颗心还是会互相吸引，最终重叠在一起。“凤髻金泥带，龙纹玉掌梳。走来窗下笑相扶，爱道‘画眉深浅入时无？’弄笔偎人久，描花试手初。等闲妨了绣功夫，笑问‘鸳鸯两字怎生书？’”当我们的婚姻，终归走向平淡，走向生活，在朝起晚眠之间，感受甜言蜜意，没有太多的矫揉造作。所以“志同道合”是多么的重要！

哲思小语

⊙ 追寻你所追寻的，做每一件自己想做的事，欣赏每一道沿途的风景，珍惜每一个擦肩而过的路人，珍爱每一个风雨兼程的亲朋。人生短暂，宿命只是懈怠的借口。生命渺小，蜡烛纵会燃尽，也要像星星那样，点亮天空。

⊙ 在一起，未必是真爱；离开，不一定是背叛。心有，才是真的有；心无，唯有空相守。

曾经亲密无间的情侣离弃；曾经相濡以沫的伴侣抛弃；曾经形影不离的朋友背弃；曾经约法三章的伙伴放弃，甚至生你养你的父母也遭遗弃。人性啊，竟如此复杂冷血残忍不可思议！其实人有许多面相，谁也不曾真正了解谁。其实爱和恨只有一纸之隔，撕碎容易，抚平却难。其实人的距离和冷漠与生俱来，人要改造世界必先改造自己。

⊙ 没有爱的孤独是真正的孤独，没有爱的寂寞是真正的寂寞。没有爱即使顿顿山珍海味也是索然无味，有了爱即使餐餐粗茶淡饭也是香香甜甜；没有爱即使万贯家产也是一贫如洗，有了爱即使生活平淡也是幸福满满；没有爱即使权重位高也是郁郁寡欢，有了爱即使平民百姓也是其乐融融。有爱有快乐，有爱有力量，爱与生命同在。

⊙ 幸福是什么？幸福是人们一生一世苦苦追索，以为一定能够得到，最后却发现已经遗落在路上，不会再拥有的东西；幸福是你得到了你想要的东西时的瞬间感动，稍纵即逝；幸福是也许你已经得到，却不敢大声说出你真的拥有的东西；幸福是存于现实人们却在记忆中找寻，存于记忆人们却在现实中把它遗忘的东西。

⊙ 生活总是把你逼到无路可走，才陡然告知你该往哪儿走。此时也许你正为失却的前缘伤心欲绝，为错过的际会追悔莫及。打住吧，生活也许会有更好的安排。每一个困境的背后，都隐藏着一个契机，紧紧地抓住，再也不要放过。

⊙ 人看似的胆小和懦弱，只是矫情和做作而已。因为人的抗衡能力是有限的，所以除了天灾人祸这两个不可抗拒的因素外，人的其他的所谓苦难都是有限的，可抗的。很多时候我们觉得不可抗力，无可奈何，那是因为我们缺乏自信，缺少智慧，缺少勇气，人为地把困难视作苦难，把苦难视作灾难，不攻而自破，不战而自弃。

⊙ 小时候，一些人来了，你会像人来疯似的快活，一些人走了，你会偷偷哭鼻子，也许这就是童真；后来，一些人来了，你会把他的身影刻进眸子里，一些人走了，你会似灵魂抽去痛彻心扉，也许这就是爱情；现在，一些人来了，你会从容地道一声“你好吗”，一些人走了，像一阵清风了无牵挂，也许这就是淡然。

⊙ 当我们很无语的时候，往往是憋着满肚子的话，不想说，不屑说而已。很多时候，很多话，说出口了，就成了废话，即使你不看轻自己，别人也会把你看轻。缄默不是懦弱，而是积聚力量，一旦发出声响，无可抗阻。大音希声，就是这个道理。

⊙ 与你有缘的人，你的存在就能惊醒他所有的感觉。有些人即使在认识数年之后都是陌生的，彼此之间总似有一种隔膜，仿佛盛开在彼岸的花朵，遥遥相对，不可触及。而有些人在出场的一瞬间就是靠近的，仿佛散失之后再次重逢。

⊙ 大千世界，芸芸众生，连上帝的爱都会有偏颇，何况凡人。不是每一个人都能理解你，不是每一个人都会喜欢你，包括你的亲人，很多时候你解释一百遍，还不如去做一件让人信服的事。

⊙ 你的灵魂就像一间孤独的小屋，就看你怎么去修饰和打理，你修饰得高雅亮堂殷实温暖，打理得得体干净养眼舒适，人们就愿意走近你，爱情就不会不理你，亲情就不会冷淡你，友情就不会旁落你，环境就不会抛弃你，你就不会感到孤独，即使孤独，你的灵魂丰富了，也不会有寂寞的伤感，偶尔的寂寞只会增添你生活的诗意和情趣。

⊙ 恋爱的过程，就是两个人手拉手在小路上行走。这条路不免坑坑洼洼，弯弯曲曲，两只手总有紧扣和松开的时候，两个人总有步调不一致的时候。你喜欢看山，他喜欢观水，你喜欢鸳鸯，他喜欢飞鸟，你喜欢奔走，他喜欢漫步，这都正常不过。只要心中有爱，你可以等他，他可以追你，重要的是你们走在同一条路上。

⊙ 爱和婚姻的不同在于：爱是感情的事，只存在于恋爱者心中，爱可以是一个人的事，也可以是两个人的事。婚姻却不同，它涉及方方面面，社会制度、意识形态、人文观念、优胜劣汰等，感情似乎微不足道。所以爱很简单，婚姻很复杂；爱很浪漫，婚姻很现实；爱很美好，婚姻很受伤；爱只需深爱，婚姻则更赖天时地利和人的抗衡能力。

⊙ 一种缺乏交往的生活当然是一种缺陷，一种缺乏独处的生活则简直是一种灾难了。一种没有爱与被爱的生活固然是一种可怜，但一种没有自尊与被尊重的人格则简直就是一种可耻了。

⊙ 若你想看清楚某个人或某件事，请不要靠得太近，太近了，你只能看到某个点或某个局部，而看不到整个全貌，只有在一定的距离，才能看清楚全部的面貌。

⊙ 当你有一天，独自散步，看到某条小河，看到某棵大树，也许，你会油然想起人生最初，最美好的一段相逢。初恋在我们的人生中踏青而过，我们追随着各自的人生交汇，别离，远去。我们注定没有那份世俗的姻缘，但却永远难忘那些青葱的日子，我们爱得真诚无邪。还是这条河，还是这棵树，远处悠悠的情歌，穿越生生世世的眷恋……

⊙ 幸福，总爱跟我们开玩笑，你在这里找，它却在远处对你微笑；你去前方找，它却在回忆里对你微笑；你在现实里找，它却在梦中对你微笑；你在梦中找，它却在现实里对你微笑；你在此处找，它却在彼处对你微笑；你在地上找，他却在天上对你微笑。原来幸福是每个人都想得到，但最后没有一个人敢说自己得到的东西，看得见摸不着。

⊙ 泪水滋润过的微笑才美丽动人，痛苦浸泡过的幸福才甜蜜美好，实践考量过的知识才深刻渊博，汗水浇灌过的丰收才心安理得。

⊙ 人活着总会遭遇到一些痛，身体不适时的痛，工作不顺时的痛，亲人离别时的痛，朋友反目时的痛，等等，无一例外。唯一不同的是每个人对待痛的态度不同，一些人，把痛当作经历，扛一扛就过去了，照样过得潇洒；一些人把痛当作动力，比之前活得更认真，更珍惜，更充沛了；还有些人，总是画地为牢，看不见太阳，就抱怨命运不公，世风不济，世道不平；更有些人，一遇到问题，就像掉进十八层地狱，破罐子破摔，从此一蹶不振。其实，没有一种痛是单为你准备的，当你在经受某种痛苦的时候，别人也许正在经受更大的痛苦，只是你不知道而已，不要老觉得别人欠着你，这世上谁也不欠谁，很多抱怨和不公，是我们自己拍着脑袋想出来的。人总是喜欢比较结果的好坏，当你觉得别人的境遇比你好的时候，你是否想到别人的付出也比你多，别人所经历的痛也比你多得多。你要得到别人所得到的，就要跟别人付出同样的艰辛，你要得到别人没有得到的东西，就要经历别人没经历过的痛苦。

⊙ 鱼儿不会在人多的地方游来游去，鱼儿也不会在水浅的地方等着上钩，你要鱼儿多就到僻静的地方去，你要鱼儿上钩就到水深的地方去，机会也一样，不会在嘈杂浮浅处等着你，你只有到别人看不见的地方，你只有深入了解状况，方能找到属于你的机会。

⊙ 最深的爱在天堂，最大的仇在地狱，幸福属于天国，不幸属于地狱，留在凡间的爱恨情仇，那只是上帝拿来小试你的意志和情怀的。苦却甜蜜着，难却滋润着，痛却快乐着，恨却延绵着，那只是不枉你在人间走一遭，拿得起放得下的俗缘而已，拿起了是勇气，放下了是豁达，人注定要接受这些经历，所以，世上没有承受不了的爱恨。

⊙ 你心怀卑微就会觉得别人都看不起你；你心怀恐惧就会觉得别人都是坏人；你心怀不满就会觉得别人都欠了你；你心怀挑剔就会看别人都不顺眼；你心怀嫉妒就会见不得别人比你好；你心怀小人心就会以小人之心度君子之腹；你心怀冷漠阳光就照不进你心底；你心怀阴暗就会看世界一团漆黑。你所见的一切都是你内心的投射。

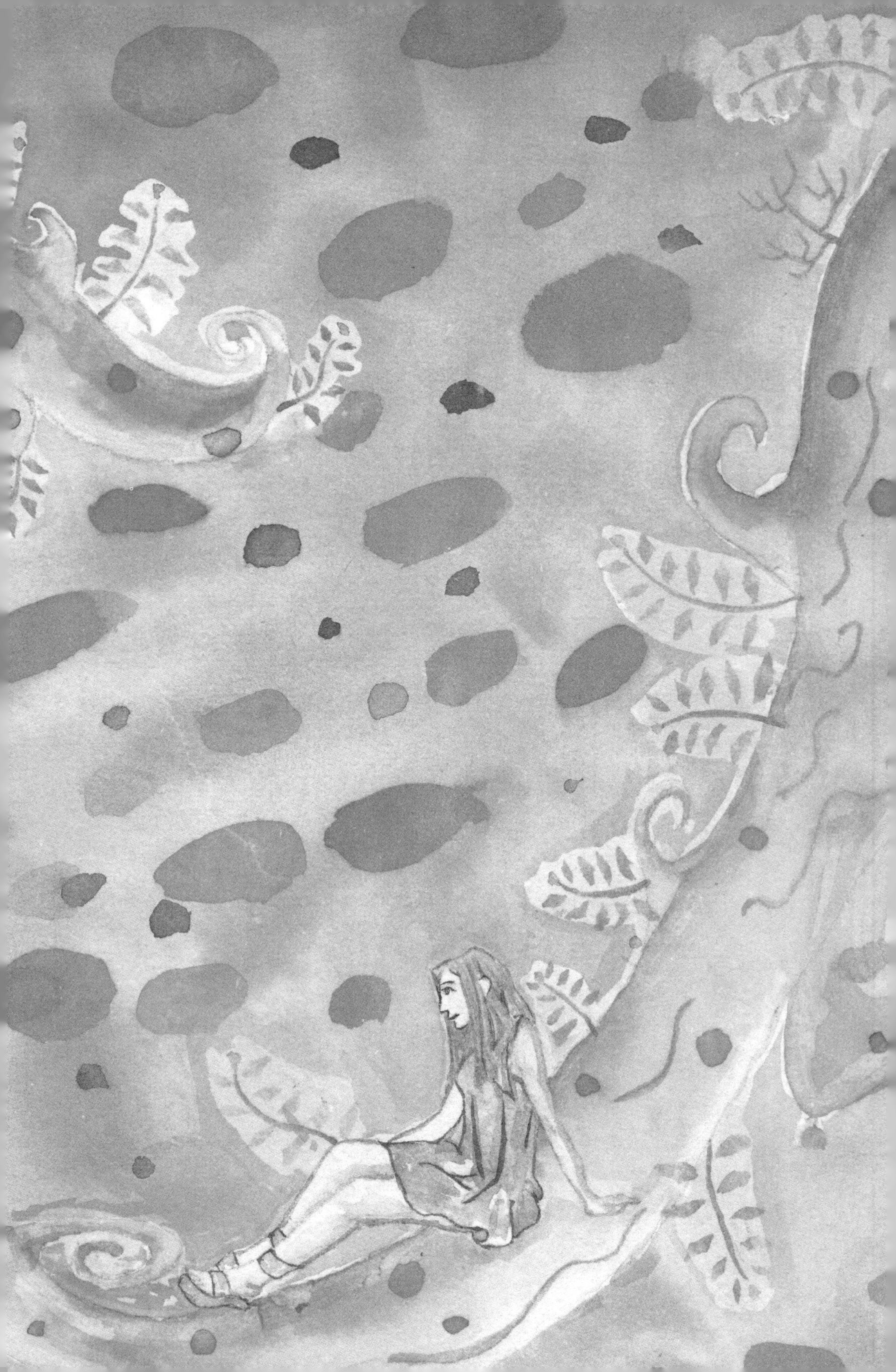

Part 3 私欲

在薄情的世界里深情地活着。即使这个世界多么暗淡，我的心依然充满了色彩，我爱生命，更爱这多彩的世界，纵然它带给了我那么多的伤感，那么多的艰辛。但当我回首的时候，发现这个世界依然如此美好，如此动人，如此让人回味。

欲望都市

“有时候远方唤起的渴望并非是引向陌生之地，而是一种回家的召唤。”曾经有过一段很无助的时期，走在车水马龙的路边，抬头转头尽是些花花绿绿的躯壳在舞蹈，没有眸子，没有表情，只有两个乌黑黑洞穴般生生喘着气的鼻孔在夜里诉说着寒冷，那个时候感觉自己被整个世界抛弃了。我突然对未知的世界失去了信心，而是开始无助地遐思。站在天桥上，开始思考人生的意义何在。如果我已洞悉世俗的无情，为什么双眼总是湿漉迷离？如果我参不透人间的虚伪，为什么心却没了波纹涟漪？如果这个世界尚存真诚，为什么我的微笑如此僵硬？如果这个世界还有公平，为什么我的背负如此沉重？我不高傲，为什么却孤独？我很包容，为什么却无助？凝这将醒的夜，思这无尽的路，心力交瘁，害怕走不到世界的尽头 。

“处于熙熙攘攘的现世，人们大都为烦恼、痛苦、贫穷所困扰，活着就是充满无穷尽的欲求。”在这个欲望的都市能够生存下来真的很不容易，能够快乐地生存下来更加不容易，我想能够做到苏轼所说的“万人如海一深藏”，是一种境界。感觉现实世界充斥着物欲横流，很多的梦想都变成了虚幻。你看到的世界不一定是真实的，用“幻象”来表示再贴切不过了，你能做的，就是永远保持一份警惕、一份正直。一些人长一张聪明的脸，内心却愚蠢；一些人外表笨笨的，却有一颗智慧的心，后者成功的可能性定大于前者。聪明人总是犯欲盖弥彰的错误，他们往往把全世界都当成傻瓜，很多时候不难看出，竭尽谎言安慰你的那个人，便是用真相伤害你的那个人，刀子往往握在身边的人手中。有些人在你生命里存在，只是为提醒你人心不古，世事难料，所以，曾经问自己：你还相信这个世界吗？

“我们在这个世界上活着，有多少事情讳莫如深，必须三缄其口。”你看起来有多坚强，就有多少孤单；你看起来有多懂事，就有多少委屈；你看起来有多谦让，就有多少卑微；你看起来多成功，就有多少磕绊；你看起来多沉静，就有多少历练；你看起来多漠然，就有多少无奈。有时候人在一张画中能感受到生命、灵魂和香气的存在，在活生生的人群中却体味不到生气，找不到相似的灵魂，是人们掩藏太深，还是你的眼睛对同类完全无感？又抑或人生来就是孤独的物种。有时候，人不是不明白自己，而是明白了，不愿承认而已，装作不明白，无非死要面子。是我们费心自筑的那道门面，让我们看不清外面的世界，更看不清里面的自己。我们以为的安全防线，正是我们的不安全因素。

尽管如此，我依然爱着这个世界，爱我的朋友，爱着爱我的人。我相信所有的人都是善良的，即使他们做出了令人咋舌的事，我们依然要相信或许他们有很多的无奈。对身边那些“犹抱琵琶半遮面的人”别太较真，用自己的真诚去打动他们，用真意去融化他们。当虚伪厚着脸皮招摇过市的时候，真实便躲了起来，所以这世上总看到虚伪的面具，看不到真实的面孔，我们纵然不能改变世界，却可以让虚伪的面具减少一点，真实的面孔多一点。

在这个凉薄的世界里，我们依然要让自己多一份真诚，多一份爱意。不要因为世界太过复杂摒弃了你的单纯；不要因为世界太过残酷摒弃了你的善良；不要因为世界太过虚伪摒弃了你的真诚；不要因为世界太过功利摒弃了你的初衷；不要因为世界太过丑陋摒弃了你的追求；不要因为世界太过沉重摒弃了你的热情；不要因为世界太过奢华摒弃了你的本真。如此这个世界才会多一分温暖，多一份不一样的色彩，不是更好吗?

独我之道

人是孤独的动物，孤独是人的常态。纵使每日呼朋引伴，你不一定会拥有快乐，或许只有孤独。孤独，可怕吗？“孤独，是忧愁的伴侣，也是精神活动的密友。”畅享一个人独自的生活，喝酒，是为了让自己燃烧起来，不然所有的情都冷了；品茶，是为了让自己冷却下来，不然所有意都老了。当我们什么都无时，我们为有而充实着；当我们什么都有时，我们为无而空虚着。

“云淡风轻近午天，傍花随柳过前川。时人不识余心乐，将谓偷闲学少年。”程颢的这一首《春日偶成》看上去是如此的平淡，细读起来却又充满了无限的乐趣。人，即使处于孤独，也有无限的乐趣，一切都在于自己的心。若你的内心丰富，即使给你简陋你仍能自得其乐；若你的内心高贵，即使给你落魄你仍能自强不息；若你的内心正直，即使给你污浊你仍能自处不染；若你的内心谦卑，即使给你不公你仍能自始至终；若你的内心光明，即使给你黑暗你仍能自在逍遥；若你的内心不孤，即使给你孤独你仍能自我陶醉；若你的内心恬淡，即使给你险境你仍能安之若素。

“人的一生就应该像一条河，开始是涓涓细流，被狭窄的河岸所束缚，然后，它激烈地奔过巨石，冲越瀑布。渐渐地，河流变宽了，两边的堤岸也远去，河水流动得更加平静。最后，它自然地融入了大海，并毫无痛苦地消失了自我。”人，很多时候就像河流一样，就是不断经历的过程。若你真的体验过寂寞的滋味，便知什么是伴侣的可贵；若你真的体验过恋爱的滋味，便知什么是自由的可贵；若你真的体验过痛苦的滋味，便知什么是幸福的可贵；若你真的体验过背叛的滋味，便知什么是朋友的可贵；若你真的体验过伤心的滋味，便知什么是真情的可贵；若你真的体验过繁苛的滋味，便知什么是简单的可贵。

以经历和生活在你的内心，种植一朵宽容的小花，那些不愉快的人和事，就不易靠近你。即使靠近，也会转化成有益的养料，让你成长，让你内心的那朵小花，开得更加美丽健硕，动人心魄，而且百毒不侵。放过那些让你不愉快的人和事，其实就是修养你自己。

尽管这个世界有太多的痛苦和无奈，但我们依然要有一颗赤子之心，来面对这个世界。无论我们被世俗的烟火熏烤多久，被混浊的世态浸染多深，心灵深处始终有一处属于自己的角落如初始美好。我们为一朵花低眉，为一朵云驻足，为一滴雨叹息，为一个人改变，为一段爱执着，为一个梦坚持。白天的纷繁在夜晚洗去，一杯淡雅清茶或一杯浓醇咖啡，为生活填补一份真；一本书或一段微博，让灵魂在自己的世界放纵。

我们每个人的人生就像是在攀登连绵不断的山，我们背负着责任的十字架，在跌宕起伏和步步惊心中穿越，我们也在浩然大气和无限风光中呼吸，时而你追我赶，快步向前，时而极目旷野，漫步山间，我们不知道能够攀越怎样的高度，我们也不能预测什么时候才算是头，但是，我们是在努力攀登，我们深信终有一片树林为我们所栖，在那片林子里逍遥徜徉。

其实要学会独处，很大程度上就是学会放下。“放下”这两个字，简单，诱人，迷惑人心。我们劝人放下，劝己放下，但又有谁真正放下？在这个世界上，我们不舍的东西实在太多。放下，不是刻意，是随缘；放下，不是抛却，是简单；放下，不是今天，是昨天；放下，不是未来，是过往；放下，不是梦想，是世俗；放下，不是善良，是贪念。放下，该放下的！千万不要犹豫，记得“心中清净方为道，退步原来是向前”，有的时候，你放下了，却拥有了更多！

不要轻易悲叹被时光辜负，只要你不负时光，相信你的任何付出和努力，时光都会在一定的时间用另一种美好打赏你。让自己在孤独的时光里，快乐地生活，快乐地呼吸。

缺憾之美

“人生到处知何似，应似飞鸿踏雪泥：泥上偶然留指爪，鸿飞那复计东西。老僧已死成新塔，坏壁无由见旧题。往日崎岖还记否，路长人困蹇驴嘶。”读诗品茶，细叙生活，充满无限的乐趣，平淡简单才有更多的空间。在这个忙碌的城市奔波，人总会乏味，总会厌倦，总有审美疲劳，总有弃旧图新。有的时候，有缺憾才有大美。我们也许会厌倦某本书，某件事，某种工作，某个环境，某种生活方式，甚至某个人。但我们怎么会厌倦早晨新鲜的空气，和那轮喷薄欲出的希冀？它使每一个早晨都那么新鲜，它使每一个黑夜都充满幻想，它使人有面对自我的勇气。所以接受一切美好的，忘记那些不好的，就如普鲁斯特所说的那样："我终将遗忘梦境中的那些路径、山峦与田野，遗忘那些永远不能实现的梦。"

"埏埴以为器，当其无，有器之用。凿户牖以为室，当其无，有室之用。故有之以为利，无之以为用。"这是一句多么有哲理的话啊！想想生命中，哪有那么多的尽如人意？总有一些令人唏嘘的空白，有些人，让你牵挂，却不能聚首；有些东西，让你羡慕，却不能拥有。但是就像山水画一样，因为有了空白，才更加美。因为有了唏嘘，生活才有了音乐和诗歌；因为有了空白，生活方多了希冀和念想；因为有了远方，生活才有放飞的思与梦。很多时候我们孜孜不倦所寻求的，我们以为的幸福之源，根本不是什么幸福之源，而只是对现实的一种落荒而逃，是对某些极端痛苦、难以面对的时刻的忘却，是对真的幸福之源缺失的填补。人对自己所做的一切，只要大方向是对的，就不要太过吹毛求疵，这样不仅苦了自己，也苦了身边的人。生活不全然是严谨，更需要浪漫色彩，自然气息，不是每一个错都要去纠正，矫枉过正，有时候只会错上加错。不要挤，不要争。主角在舞台上镜头再少，依然是主角；小丑在舞台上蹿下跳，仍然是小丑。所谓命运就是：是你的谁也抢不走，不是你的再争也没用。

维特根斯坦曾经说过："每个悲剧的开章都可以写道，本来什么都不会发生，倘若不是什么什么。"然而人生大部分应该是由悲剧构成的。追求完美没有过错，但事事追求完美就会让你很累。相信每个人来到这个世界，上天已为你安排了最适宜的位置，你找到了，便成功了一半；也许你忙碌一生，终究找不到。当所有人争先恐后、蜂拥向前的时候，也许最美的风景已在你的身后；当所有人拔苗助长、扶摇直上的时候，也许你就是一道亮丽的风景。不要争，不要抢，是你的躲不过，不是你的争不来，人最多的地方，未必有你想要的东西；不要急，不要挤，生命何其短暂，岂容来回折腾，看清楚是你的，方可得来全不费工夫。再好的命，也不可能事事顺心，无论今天发生多么烦心的事，都不应该感到伤心，因为今天是你往后日子里最年轻的一天，人的生命里再没有相同的“今天”。

正是所有的不同的昨天才促成了今天的你，曾经以为，靠自己的能力和努力，可以改变一些人和事，后来发现，一个人要想以改变别人来完美自己那是不可能的，只有改变自己，才能让一切变得可能。把那些不顺耳的话、不顺意的人、不顺心的事，权当人生一回回的鞭策，或是一味味苦口的警醒良药，若干年后你再回头，要感谢那些不顺耳不如意不顺心，为你的人生增添了一笔笔浓墨重彩。所以有的时候，不完美，有缺憾才能让我们成长。

接纳缺憾，接纳不完美，我们做任何事情，都不要太过或不及。木秀于林，风必摧之。同样一棵细小的树，在一片大森林里，也难见阳光，难得养分，容易夭折。平衡，是任何一种物质生存的基本条件。我们讲道，不要忘了术的重要，我们讲术，不要丢弃道的根本，任何事，都不要过了那个“度”。人生有度，好在适度，坏在过度，误在失度，滥在无度。自信过了度就成自傲；自爱过了度就成自恋；自谦过了度就成自卑；自责过了度就成自贱；自修过了度就成自虐；自矜过了度就成自闭；自洁过了度就成自癖；自主过了度就成自流；自我过了度就成自私。人生的幸福指数就是：把握人生尺度，掌握做人分寸，不过度，不失度，不无度。

埃克哈特·托利说："当你可以和不确定性安然共处时，无限的可能性就在生命中展开了。"生活，正是因为那么多的不确定才变得多姿多彩。因为莫测所以叫命运；因为迷茫所以叫人生；因为忙碌所以叫生活；因为琐碎所以叫日子；因为陡峭所以叫山峰；因为磕绊所以叫道路；因为纷繁所以叫尘世；因为多变所以叫人心；因为青涩所以叫青春；因为不懂所以叫爱情；因为付出所以叫拥有；因为或缺所以叫完整；因为短暂所以叫生命。我们不应该逃避，也不应该归隐，而是应该感谢这样的生命。以平常心对待人生的荣辱成败，荣而不骄，辱而不没，成而不懈，败而不馁。放下不是懒惰，不是不进取，而是及时果敢地清除那些阻挡我们进取的陈规陋习和虚名浮利，年轻心态，轻装上阵，挥洒人生。

哲思小语

⊙ 生活中很多看似必需的东西，其实都是可有可无的。就像过日子，我们每天忙忙碌碌，但仍觉得有做不完的事。等到哪天，你生病无奈休息，就会发现很多好像必须做的事，其实也是可做可不做的。学会做生活的减法，学会放松自己。

⊙ 世界上最不靠谱的成语就是心心相印，你我谁也不是谁肚子里的蛔虫，如若我不说，你怎么知道我在想什么？你怎么知道我需要什么？你怎么知道我在意或不在意什么？如果说了，结果可能正好相反。

⊙ 有些话不能说出来，说出了尴尬是你；有些事不能太勉强，勉强了辛苦是你；有些人不能太在意，在意了受伤是你。

⊙ 强者不是没有眼泪，是可以含着眼泪向前跑！

⊙ 有人说过，悲观出哲学家，忧郁出诗人。那么我说，烦恼出庸人，所谓庸人自扰，就是这个道理。世相迷离，凡尘缭绕，生活中，我们烦恼多多，大有此情无计可消除，才下眉头，又上心头之态。我们只有不断地清空，清空心灵，装点儿快乐；清空大脑，装点儿梦想。

⊙ 人人都在悲叹，失败者悲叹命运不济；无聊者悲叹人生空虚；成功者悲叹生命短暂。其实，没有失败的体验怎知寻梦的意义、成功的喜悦；没有偶尔的空虚怎知音乐的声音、生命的多彩；没有成功的经历怎知人生的美妙，生命的价值。

⊙ 就像万物皆有阴阳两面，我们要懂得"物极必反"这个道理。当我们身处顺境时绝不是一劳永逸，因此不要得意忘形，要懂得知足不殆，否则会迷障了心智，一路播下不幸的种子，发现时晚矣。当我们身处逆境时也不会万劫不复，因此不要灰心丧气，要懂得知往鉴今，不然会迷糊了眼睛，看不清前行的方向，和沿途壮美的风景。

⊙ 不要欺骗人，因为你能欺骗的，只能是两种人，一种是信任你的人，一种是无知的人；不要伤害人，因为你能伤害的，也只有两种人，一种是深爱你的人，一种是弱小的人；不要敷衍人，因为你能敷衍的，也只有两种人，一种是宽容你的人，一种是糊涂的人。

⊙ 没有黑夜的盼望，哪有白天的光亮；没有月缺的遗憾，哪有月圆的满足；没有冬天的萧索，哪有春天的绚烂；没有离别的伤感，哪有相逢的喜悦；没有痛苦的经历，哪有快乐的一刻；没有大地的凹凸，哪有山川的雄伟；没有溪流的暗涌，哪有大海的壮观；没有失败的遭遇，哪有成功的契机；没有生命的驿动，哪有人生的精彩。

⊙ 小时候经常听老师教育学生，大人训诫小孩，“要亲密无间”。长大了才知道人与人的交往，需要“亲密有间”。即使两个相爱的人，即使夫妻间，也要保持一定的间距。有距离才会互相尊重，有距离才有相处的渴望，有距离才能保持新鲜感和神秘感。爱情可以专一，人性却不一；人可以同行，灵魂却难同。与人相交淡若水，更要有始终。

⊙ 不要急，不要挤，想清楚自己要什么、喜欢什么、适合什么。人多的地方也许有好东西，但未必一定适合你。就像我们去商场买东西，总是朝人多的地方挤，人买我买，不假思索，结果买回一堆“废品”，徒添烦恼。据说，每个人来到这个世界，上帝已为你安排了最适宜的位置，你找到了，便成功了一半；也许你忙碌一生，终究找不到。

⊙ 上帝在人的骨子里，既种下了善根，也种下了恶根，每个人都一样。你若在生命的进程中不断吸收正能量，抑恶扬善，善根会充满你的心灵，净化你的细胞，恶根再也没有繁殖立足之地；你若在生命的进程中不停吸收负能量，抑善扬恶，恶根会占据你的心灵，侵蚀你的细胞，善根就再也没有起死回生的机会。

⊙ 人活着，总归免不了烦心事，有些事想说放下不容易，有些事即使放下了，但还会回来纠缠你。不是洒脱了，就没有烦恼；不是健忘了，就没有存在；不是谦让了，就没有矛盾；不是包容了，就万事大吉。该面对的，不要回避；该解决的，即时处理；该放弃的，不要犹豫；那些既不想面对，又放不下的，暂且搁置一边，时间注定会带走一切。

⊙ 女人总喜欢攀比，唯恐不如别人，即使好姐妹，也暗暗较劲，今天她买了什么“好的”，明天你非得也去买，其实，适合她的未必适合你。女人要相信自己就是一朵花，不管你富贵若牡丹，娇艳若玫瑰，幽静若兰花，还是坚强若梅花，都能怒放生命，都能吸引欣赏的目光。若你是兰花装不出牡丹，若你是玫瑰装不出梅花，你就是你，莫怀疑。

⊙ 在乎并不可怜，可怜的是明明很在乎，却硬要装出一副毫不在乎的样子；无奈并不可悲，可悲的是明明很无奈，却硬要装出一副眉开眼笑的样子。

⊙ 我们一直说人不该有攀比心，总是把攀比心和嫉妒心联系在一起，其实这不尽然，人需要有一点攀比心。正常的攀比心能激发你的进取心和荣誉感，能让你树立起清晰的奋斗目标，能让你对一件事始终保持定力和激情。就像奥运会运动员，他们每个人心中都有一个超越梦想的假想敌，并以此为人生目标，刻苦训练，挑战极限，你不能说这是攀比心，这是一种正常的荣誉感。人生中，我们也需要这样的荣誉感，坚持我们的人生目标，坚持我们的最初梦想，挑战一切艰难阻隔，以超越自我。当然攀比心过了头——深陷其中就成了嫉妒心，荣誉感过了头——深陷其中就成了虚荣心。事物总有其正反两面的，我们需做到顺其正纠其反。

⊙ 国外有一句很有意思的话：信任是什么？信任就是：你在我背后开了一枪，我依然相信那是枪走了火。这就是朋友。在中国更称：朋友的关系是唇齿相依，那么你的牙齿常会不小心磕到你的嘴唇，甚至流血，疼痛难忍，你的嘴唇如何“报复”你的牙齿呢？唯有小心翼翼，默默忍受，“以德报怨”。朋友间忍受对方的粗枝大叶，忍受对方的个性使然，忍受对方的不小心那是寻常事，若你计较，就会永远活在不快乐中……

⊙ 有些人的眼睛好像就是用来挑剔别人的，永远也看不到自身的缺点；有些人的嘴巴好像就是用来说教别人的，似乎世界上所有的理都被他占尽；有些人的耳朵好像就是用来道听途说的，永远也听不进正能量的声音；有些人的心胸好像就是用来堆积晦暗负面情绪的，永远也装不进阳光竹篱的洒脱。

Part 4 解药

我宁要孤独的尊严，也不要热闹的卑微。这样物欲横流的时代，让人心中迷茫，难免迷惑。哪里有解药？解心中迷茫的解药——解药在生活里，在我们的慧眼中！

想得太多，做得太少——不智

什么是人生的智慧？不是你今天获得了什么利益，这仅仅是一种小的智慧。真正的大智慧就是顺应自然，不执着，不违拗。“大成若缺，其用不弊；大盈若冲，其用不穷。大直若屈，大巧若拙，大辩若讷。静胜躁，寒胜热。清静为天下正。”高手总是由于一双慧眼，看似矛盾的一切，都能了然于胸，真正做到“万物并作，吾以观复”。不要被眼睛蒙蔽，不要被耳朵欺骗，眼见不一定为实，耳听不一定为真，我们生活在表象中，而这种表象，只是这个世界的很小部分，在红尘滚滚、万象喧嚣的背后，隐藏着更大且真实美妙的世界，需要我们用心去看见，用心去认识，用心去体会，用心去分享。所谓用心，就是要静下心来，只要心静了，你就会看见一个不一样的世界。

生活永远都需要智慧。哪怕是简单，也是一种智慧。生活太复杂，充满无限可能和乐趣的同时，又充满了无限的痛苦和不足。明知不该说，说了；明知不该做，做了；明知不该错，错了；明知不该悔，悔了；明知不该想，想了；明知不该见，见了；明知不该爱，爱了；明知不该要，要了；明知不该弃，弃了；明知不该伤，伤了；明知……生活中有太多不该发生的事，在我们经意或不经意间发生，人其实最难驾驭的是自己。一切就是这样，充满了矛盾，而我们能做的是什么？是百折不挠？是随遇而安？是得过且过？

“盖将自其变者而观之，则天地曾不能以一瞬；自其不变者而观之，则物与我皆无尽也，而又何羡乎？”东坡先生在赤壁江上，泛舟看到的是什么？浩渺的宇宙，短暂的人生，让人穿越了时空和地域的束缚，看透一切沉浮聚散。是的，人生就是这样。窄与宽，不过思想；深与浅，不过感受；苦与乐，不过心情；成与败，不过坚守；善与恶，不过一念；生与死，不过转瞬。路边有路，忙中偷闲，苦中作乐，成中有败笔，败中有心得，善是付出的得到，恶是得到的付出。生死转瞬间，犹生如死，犹死若生。就看你如何感受，如何领悟，如何对待。就像尼采说的：“人的精神有三种境界：骆驼、狮子和婴儿。第一境界骆驼，忍辱负重，被动地听命于别人或命运的安排；第二境界狮子，把被动变成主动，由‘你应该’到‘我要’，一切由我主动争取，主动负起人生责任；第三境界婴儿，这是一种‘我是’的状态，活在当下，享受现在的一切。”而达到哪一种境界，则完全看你自己。

有朋友问我，你对生命的感悟可以用一句话总结吗？我想了很久，回答不出来。但是我想到了黄山谷的一句诗："持家但有四立壁，治病不蕲三折肱。"久病能成良医，生活能让你变得更加成熟。有些事情，不去想脑袋空空，你去想脑袋生疼，有些纠结，你去想是无聊之人，不去想是无明之人。当你得到，一些东西已经离你远去；当你失去，一些东西已然向你走来，这是一个简单的平衡定律。如果你的内心足够强大，眼前的困难只是浮云和阵雨，来了去了，下了停了，何足挂齿；如果你的内心充满恐惧，眼前的困难就似高山和大海，移之不动，填之不尽，永无安宁。人不要在得失间纠结徘徊沉溺太久，这样只会使你失去得更多，因为你的眼睛总盯着那些已渐渐离你远去的东西，所以难免就会错失一些向你步步靠近的机缘。我们总是生活在矛盾中。

别太介意别人为难你，因为那些比你优秀的人，根本没空搭理你。只有那些比你差的人，羡慕妒忌恨，无聊才会对付你，而对于那样的人，你最好的办法是嗤之以鼻。永远要相信只有灵魂相似的人才能托付心灵的懂得和被懂得，才有可能成为真正的知己。如果没有这样的人，静默是最好的姿态。当有人质疑你这条路走错了，甚至你自己也开始怀疑，请再坚持走一段，相信世上没有绝人之路，相信路是靠人走出来的，人们不看好的路，未必不是一条好路，人们不以为然的路，也许刚好适宜你，走自己的路，让别人说去吧！

"胜败兵家事不期，包羞忍耻是男儿"，几次失败并不可怕，错误并不可惜，失败有失败的获取，错误有错误的教益。人生路漫漫，迷路的结果，会使你比别人多认一段路，多识一道风景；摔跤的结果，会使你更小心翼翼地走好下一段路。所以，不要把失败看成万劫不复，不要把错误看成无可救药，若你能够勇敢地接受它，智慧地排解它，终有一天你会解得乐在其中的滋味。办法是逼出来的，智慧也是逼出来的，当我们遭遇困境，走投无路时，办法也许已离我们不远，切不可退却放弃，不管好的坏的，坦然面对，坦然接受，这就是大智慧！

感谢生活带给你的一切，有时候，没必要想太多，只有努力把眼前的事做好，下一刻才会更好。思虑太多无济于事，因为美好的结果永远不会是想出来的，而是脚踏实地干出来的。生活中的很多事情，乍一看就是凌乱欺骗悲哀，但如果你能换一个角度去看去想，凌乱你才会去收拾，受骗你才会去思辨，而悲哀只是你自己编织的情绪罢了。其实生活反馈给你的，就是你对生活的态度和感观。态度的认真与否是解决问题的根本，而人的能力只是你态度如何的附加值，当你树立了认真的态度，你的能力就能起到事半功倍的效果，如果你没有一个认真的态度，你的能力再强也只能适得其反。

所以，做一个坚强的智者，不管生活给你多少次打击，都要记得有态度地活着。“路漫漫其修远兮，吾将上下而求索”，或许当你觉得一切无望的时候，你就会心情沮丧，斗志全无，即使未到最后关头，你也会自行败下阵来，倘若果真不努力，失败肯定就会找上你；当你觉得一切有望的时候，你就会心情愉悦，自信满满，不管困难何其多，你也会想方设法克服，倘若果真努力了，你就会战胜所有困难，不到最后关头，请不要选择放弃，机会也许就在那一刻。如果你的内心足够强大，眼前的困难只是浮云和阵雨，来了去了，下了停了，何足挂齿；如果你的内心充满恐惧，眼前的困难就似高山和大海，移之不动，填之不尽，永无安宁！

一杯浊酒，浪迹天涯难入喉

在我们每个人的内心深处，有一个地方，充满着美的宁静；在我们每个人的生命旅程中，有一个地方，一切皆有可能。很想永远停留在那个深处，永远不要出来。列夫·托尔斯泰说过：“人生的价值，并不是用时间，而是用深度去衡量的。”

然而人大部分的时间都在感受生命的落寞与孤独，而无暇去延展生命的深度和广度。天上没有星星，星星被天煞的乌云吞噬；地下没有萤火虫，萤火虫早被黑心的杀虫剂杀死；窗外已没有灯火，灯火消失在麻木的鼾声里。于是悲观地看待人生，伤心地思考，于是有一种想叫“胡思乱想”，有一种魂叫“失魂落魄”，有一种心叫“心灰意冷”，有一种恼叫“恼羞成怒”，有一种日叫“日理万机”，有一种夜叫“长夜难眠”，有一种泪叫“欲哭无泪”，有一种痛叫“痛彻心扉”，有一种气叫“英雄气短”，有一种命叫“无能为力”。

其实生命不就是这样的吗？何必如此矫情？每一个开心的故事背后都有悲伤的影子，每一个哀怨的结局前面都有快乐的折射。生活中很多时候，曾经令你悲伤的，就是曾经令你快乐的因素；而曾经令你开心的，就是曾经令你痛苦的原因。悲伤在你心里根植多深就能容纳多少快乐，快乐在你心里荡漾多久就流过多少泪水，不经历曾经心痛，又怎知快乐的滋味？痛和乐才是最完美的成长交响曲。人生的道路上，必须记得莎士比亚说的：“光荣的路是狭窄的，一个人只能前进，不能后退；所以你应该继续在这一条狭路上迈步前进，因为无数竞争的人都在你背后，一个紧随着一个。”

读书的时候，看到《荀子》讲过一句话：“天行有常，不为尧存，不为桀亡。”感觉多么的冷酷，多么的无情！然而年龄渐长，慢慢觉得这句话最有人情味！没有月缺，怎么体会月圆；没有潮落，怎么体会潮涨；没有凋谢，怎么体会绽放；没有荒芜，怎么体会繁华；没有羁绊，怎么体会平坦；没有失去，怎么体会得到；没有遗憾，怎么体会快乐；没有痛苦，怎么体会幸福；没有世俗，怎么体会高雅；没有繁复，怎么体会简单；没有一切，怎么体会生命！人生如是，笑着面对，不去埋怨。

有一首禅诗：“练得身形似鹤形，千株松下两函经。我来问道无余说，云在青霄水在瓶。”万物一切都各归其位，做该做的事，接受已有的事实，这就是生活。如果我们祛得一丝执念，便可随遇而安；如果我们留得一份清醒，便可少度迷津；如果我们懂得一点转弯，便可细水长流；如果我们品得一味高雅，便可芬芳萦绕；如果我们修得一方心篱，便可消遣繁尘。

所以，看淡一切，把自己当作一个漂泊世间的孤客，诗意地生活着。相信是一切万能的开始，放下是接纳一切的准备。寻寻觅觅诗和远方，有一天突然发现：诗，其实离你很近，在你生活随处，在你灵魂深处。诗，其实不是一种追求，而是一种生命的回归。

轻舟已过万重山

“少年听雨歌楼上。红烛昏罗帐。壮年听雨客舟中。江阔云低、断雁叫西风。而今听雨僧庐下。鬓已星星也。悲欢离合总无情。一任阶前、点滴到天明。”这是一个年暮之人对生活的回忆，读起来，有一丝丝的凄凉，也有一丝丝的温馨。不同的时代，不同的生活阅历，就会有不同的感悟。生活就像一个杯子，你装进快乐，流出的是幸福；你装进烦恼，漫出的是痛苦；你装进慈悲，溢出的是智慧；你装进愚昧，溅出的是丑恶；你装进甜蜜，品出的是爱情；你装进苦涩，尝出的是别离；你装进执着，喝出的是人生；你装进虚度，倒出的是青春。

“人们惧怕自由和责任，所以人们宁愿藏身在自铸的樊篱中。”我们如何走出内心的樊篱？人生，当你和困境在一起，方能找到出路；当你和危机在一起，方能找到机遇；当你和痛苦在一起，方能找到快乐；当你和烦恼在一起，方能找到静安；当你和对手在一起，方能找到智慧；当你和平庸在一起，方能找到品味；当你和丑恶在一起，方能找到慈悲；当你和恐惧在一起，方能找到信心；当你和无助在一起，方能找到自己。若你心存阳光，生活便少了阴暗；若你心存快乐，生活便少了忧伤；若你心存善良，生活便少了苦难；若你心存正道，生活便少了邪恶；若你心存敬畏，生活便少了放纵；若你心存感恩，生活便少了抱怨；若你心存淡然，生活便少了贪念；若你心存简单，生活便少了烦恼；若你心存梦想，生活便多了成功；若你心存大爱，生活便多了福祉。

“这个世界对于一切存在物都是同一的，它不是任何神或者任何人所创造的，它过去，现在和未来永远是一团永恒的活火，在一定分寸上燃烧，在一定分寸上熄灭。火的转换是：首先成为海，海的一半成为土，另一半成为旋风。结合物既是整个的，又不是整个的，既是聚合的，又是分开的，既是和谐的，又是不和谐的，从一切产生一，从一产生一切。善与恶是一回事。对于神，一切都是美的，善的，公正的，但人们却认为一些东西公正，一些东西不公正。上升的路和下降的路是同一条路。”所以，很多时候，你说不清你正在经历什么，一切都在于你的感觉。“一念之间，便有地狱天堂之别”，在白云苍狗和漫漫尘埃之间，缺少的是你的想象。你可以想象出天堂的美妙，也可以想象出地狱的恐怖；你的心怀的伸缩力，大到能装得下天地万物，小到容不下一粒沙子；你的双眼的视觉力，强时能洞穿世事假象，弱时看不清真实的自己。一念一天地，一念一善恶，一念一成败，一念一修行。人心切换，一念之差，强大内心，修炼自己。

莫轻小事小，莫觉大事大

“浮生若梦”，人生若戏，但要记得你永远都是这一场戏的主角。演的时候要认真投入，休息的时候，要把自己从戏中完全剥离。如果休息不好，就会影响演出质量，影响人生质量。人生没有写好的剧本，没有一次次的彩排，没有指定的团队，没有既定的结局，没有人为你喊暂停，没有人对你说继续，没有人给你导演，没有人替你配音，没有人送你掌声，没有人陪你杀青，有的只是太多的可能和意外——大的小的，好的坏的，喜欢的不喜欢的，感动的沮丧的，幸运的悲哀的，所有一件件的事情堆积而成了你的日子。

事无巨细，事无大小，我的经验，所有的大事都是由小事聚集起来的，如果你忽略，就会有很大的问题。所以不要轻慢和忽略小事，每一件大事都是由一件件小事组成，每一件小事都可能成为失败的因由，也可能成为成功的基石。就像我们小时候搭积木，如果其中有一块没搭好，就会整个儿倒下来，前功尽弃，从头来过。搭积木可以再来，人生路岂可重走？无论大事小事，都要认真去做，当机会来临的时候，就不会错过。

自然赋予人类以无数的欲望和需要，既然我们都是自然人，不管你愿不愿意，不管你喜不喜欢，不管你快不快乐，生活如是存在，环境如是存在，世界如是存在，我们总不能因为不愿意、不喜欢、不快乐而放弃生的权利。很多时候，我们只能学会“臣服”，学会“融合”，接受如是不完美的一切，也许你的真心接纳，会转化成正能量，帮助你改善环境，找到快乐，赢得一种自在的生活。

人生没有回头路，只有大路小路，直路弯路，山路水路，上坡路下坡路，每一条路都不规则，不管你选择哪一条，都是一条不归路。人生的路走一步少一步，所以要走好每一步，一步走对满盘赢，一步走错全盘输，走对了顺风顺水，走错了磕磕绊绊，错过的风景不会再有，错过的缘分不会重来，所以，你要一路走好！

让生命留下痕迹

一个阳光的周末，我在阳台上看屈原的故事，莫名地涌动着一股感动。屈原说："举世皆浊我独清，众人皆醉我独醒，是以见放。"因为独自绽放不一样的美，所以被这个世界所质疑。但是我们依然对这个世界充满着希望。"沧浪之水清兮，可以濯吾缨；沧浪之水浊兮，可以濯吾足。"也是一种别样的美。生活总能给我们留下不一样的痕迹，只是有的人的痕迹很深，有的人的痕迹很浅，仅此而已。

很多人活着，就是为了重复每一个简单的故事，朝九晚五，春耕秋尝，你来我往，日月交替。说到底人生长短厚薄，无非是给生命留一座纪念碑，每天过日子即是给这座碑添砖加瓦。而有的人则不然，在生命当中，总能留下浓墨重彩的一笔。

赫胥黎说："充满着欢乐与斗争精神的人们，永远带着欢乐，欢迎雷霆与阳光。"如果你想留一点痕迹给岁月，如果你想留一点美好给青春，如果你想留一点真实给自己，请用心堆砌日子，做一个唯美的建筑师。要明白任何事物都不会那么简单，任何的存在都有它的理由，任何发展都有它的轨迹。社会是个大染缸，要让自己不被胡乱涂染，首先自己要有鲜明的色彩，做个好染师；社会也是个大校园，要让自己学得真的本领，首先自己要放低姿态，做个好学生。学习哲学，学习历史，学习文化。学会思考，学会剖析，学会辩证，拓宽胸怀，拓宽视野，拓宽角度。认清历史，认清世界，才能认清自我。不做麻木庸人，不做简单愤青。热爱你所热爱的初衷，你才能由简单而变得丰富。

生活无论给你留下多少痕迹，都是给我们最美好的交代。生活的脚印是笔，岁月是纸。无论是呕心沥血，还是轻描淡写，最先感动的都是自己。白纸黑字，落笔生根，无论悲喜，画上句号，就是圆满。苦，才是人生；痛，才是经历；累，才是工作；变，才是命运；忍，才是历练；容，才是智慧；静，才是修养；舍，才是得到；做，才是拥有。相信世界上再困难、再复杂的事情，都有破解的方法。在生活和工作中，我们难免碰到困难，遭遇瓶颈，不要悲观，要咬紧牙关，找出解决的方法，找到开启的钥匙。"很多时候，机遇是穿在困难身上的隐形衣。"我们不走近它，是看不到摸不着的。所以不要回头，迎着困难上，也许你会有意想不到的机会和收获。坚信在那世界的尽头，鲜花盛开的地方，有我明媚的七色梦。蓝天蜿蜒我的情思，小屋装满我的希冀。不论是艳阳还是风雨，不论是花开还是花谢，我想你无视天涯距离，微笑地等待故事的结局。

有很多朋友告诉我说：生命是一场旅行，一路看透沿途风景。我说：人生是一场炼狱，必经历千辛万苦的磨砺，待到世味尝尽，回归自然，便看见一树葱茏的菩提。人生也是一种信仰，为了这份圣洁的信仰，我们穷其一生追寻，在冷暖交织、纵横交错、纷纷扰扰的滚滚红尘中，沿着自己所期待的方向前行，无怨无悔。几十年的生活，让我明白做人，一定要成熟而不世故；稳重而不寡断；灵活而不僭越；谨慎而不胆怯；聪明而不圆滑；厚道而不愚笨；谦虚而不卑微；诚实而不迂腐；豪放而不放浪；温柔而不懦弱；勇敢而不粗野；幽默而不低俗，高贵而不高傲；平淡而不平庸；自信而不自负；自爱而不自恋；自强而不自狂；自足而不自满；自由而不放任；自知而不放弃。“一花一世界，一叶一菩提”，说的就是在经历了世间种种之后，属于自己最好的一份感悟了吧！

无论生活是怎样的，我们都要努力去面对，争取留下最美好的人生痕迹。“最富精神性的人们，他们必首先是最勇敢的，也在广义上经历了最痛苦的悲剧。但他们正因此而尊敬生命，因为它用它最大的敌意同他们相对抗。”上苍给了我们有限的生命，而我们却付出了全部的青春美好智慧。我们匆匆行走在世界的路上，而世界却给了我们全部的天空。日子是我们的，岁月是上苍的，历史是世界的；平凡是我们的，威武是上苍的，伟大是世界的；创造是我们的，功德是上苍的，改变是世界的；成长是我们的，神圣是上苍的，美好是世界的。

感谢自己过了经年，虽然没有做到万事不惑，但还是希望能够不为生活所迷惑。智而不繁，聪而不邪，真而不傻，诚而不憨，简而不陋，平而不庸，柔而不弱，刚而不佞，痴而不呆，狂而不躁，青而不涩，甜而不腻，谦而不卑，礼而不俗，快而不紧，慢而不拖，多而不杂，少而不罕，喜而不窃，悲而不掩，胜而不骄，败而不馁，爱而不迷，思而不乱，言而不虚，行而不歪，谨而不拘，泛而不滥，感谢生命带来的一切，就像罗曼·罗兰在《约翰·克利斯朵夫》里所说的那样："每个生命的方式是自然界一种力的方式。有些人的生命像沉静的湖，有些像白云飘荡的一望无际的天空，有些像丰腴富饶的平原，有些像断断续续的山峰。"

哲思小语

⊙ 人，有时候难挨的不是要坚持什么，而是要戒掉什么，就像爱喝酒的要戒掉酒，爱抽烟的要戒掉烟，得需要多大的勇气才能够呢。

⊙ 文学和艺术是一种灵魂的救赎，在人生的各种关口有时一句诗或一张画就可以让我们走出困境。

⊙ 不要因为廉价的自尊，丢弃了你生存的必要条件。有时候放下一时的自尊，是为了一生活得更有尊严。

⊙ 有时候让步并不是为了退却，而是为了走得更远；迂回并不是为了逃避，而是为了适时面对。

⊙ 很多时候，不是某件事很难，让你不想去做，而是你不想去做，所以事情变得很难。很多事，只要你愿意去做，办法总比困难多。

⊙ 善于低头，是一种谦卑大度，是一种生活能力。女人善于低头，更是能在自强中不失温柔天性，独立中保持女人味道，凡俗中找到闲情逸致，求全中要回幸福快乐。

⊙ 假如上苍忽略了你，在关上门的同时，忘了为你开一扇窗，请不要气馁，画一扇窗给自己，按照心的指引勇敢前行，总有一天你会发现上苍的眷顾从来没有离开过你。

⊙ 有时候，你发现不了美，是因为生活节奏太快，当你把节奏放慢，把时光定格在某一时刻，你会发现，即使是一条光秃的路，也可以是一处绝世美景。生活中的美其实无处不在，只要你用心去发现，去体味。

⊙ 多给自己和别人一些沟通解释的机会，你会发现你听到的看到的也许是另一番缘由。很多时候，人与人之间的隔阂和距离是从不沟通不解释开始的。

⊙ 记忆是锁不住的，不如释放，涅槃重生；经历是抹不去的，不如面对，完整人生。

⊙ 一个人总是先学会承受，再学会拒绝。我们懂得承受，也懂得拒绝。承受到无法承受，拒绝就是必然的了。为什么现实中我们却无休无止地承受，心中的那片阴霾总也抹不去，其实我们只是不懂，怎样拒绝自己，拒绝自己的心魔。

⊙ 你所有的不开心、不好过，对于那些成心让你不开心、不好过的人来说，没有半点负面的影响，且正窃喜着，看着你的倒霉样。而对你自己来说，你的难过和坏情绪却弄糟了你的整个生活环境和质量。其实，对付让你不开心、不好过的人的最好办法，就是无论如何也要让自己开心起来，让自己过得更好。

人一定要被逼到角落时，才会幡然醒悟；人一定要到走投无路时，才知所有所有都是错误。

⊙ 没有痛会白受，没有泪会白流，没有路会白走。你的过去和现在所经历的种种，必定连接未来，装订成完整的生命之书。你可以批判现在，你可以不屑过去，但不要忘却记忆，更不要将记忆尘封，偶尔翻出来晒晒，也许你会发现，那些曾经被你轻视和遗忘的东西，弥足珍贵，是你生命不可或缺的一部分。你会将你生命的一部分丢弃吗？

⊙ 人要经常照镜子，否则怎么能看清楚自己身上的优点和缺点、美丽和瑕疵呢?

⊙ 有时好想像个大傻瓜，什么都不明白；有时又想像个聪明人，什么都弄明白。其实这两者殊途同归，没有区别。很明白却很无奈不如不明白，不明白则落遗憾不如弄明白。人生看得太透和看不明白，皆是一个“淡”字。于是为了找寻五光十色的人生，我们只得在明白与不明白间，兜兜转转。

⊙ 所谓励志不过是成功者在世人面前的一种显摆，或是经历者在涅槃中悲壮的吟咏，抑或是专家在象牙塔盘点古今所收罗的教条。

⊙ 世间的苦与乐皆无常，有两个极经典的成语说明了它们的无常。一个叫“ 乐极生悲”，另一个叫“苦尽甘来”。所以，面对生活中的苦与乐，我们都应以平常心对待，在快乐中要有忧患意识，也许不幸就躲在你的后面；在苦难时要坚定信念，快乐的时光终会到来。

⊙ 每一滴眼泪都是一丝忏悔；每一个挫折都是一个启迪；每一次失败都是一次历练；每一种创伤都是一种成熟；每一分忍耐都是一分长进；每一次原谅都是一种慈悲；每一点辛劳都是一次播种；每一种压力都是一种助力；每一个梦想都是一次预演；每一个微笑都是一次机会；每一点苦涩都是一杯清茶；每一次释怀都是一种禅意。

⊙ 梦是藏在你心灵深处的蓝精灵，每当晚上它会出来，微笑地向你致敬，盛情地对你跳舞，让你寂寥的心得以安慰，把你心底的创伤抚平。没有梦思想枯竭，没有梦没有希冀。让我们筑梦，让我们感受梦的意境，让梦变得清晰可见，让梦变成对未来的想象和创意，让心灵在梦境中无限伸展，穿越世界的尽头。

⊙ 读懂过去，你就拥有现在；读懂现在，你就拥有未来；读懂未来，你就拥有眼光；读懂眼泪，你就拥有成熟；读懂苦难，你就拥有成功；读懂寂寞，你就拥有不凡；读懂生活，你就拥有乐趣；读懂世象，你就拥有博学；读懂命运，你就拥有福祉；读懂他人，你就拥有宽容；读懂自己，你就拥有能力；读懂灵魂，你就拥有上帝。

⊙ 幸福可以是一件很容易很便宜的事，雨中的一把折伞，泣时的一块手绢，冷时的一双臂弯，闲时的一方散步，晨起的一缕阳光；幸福也是一件很奢侈很金贵的事，因为，人生真的有太多遗憾，太多无奈，由不得我们去放任，去改变。情绪是生命的燃料，孰好孰坏，决定了生命的质量。

⊙ 人生很多东西，真的不必计较太多。计较多了，伤心伤情伤身伤人，更于事无补。其实，人生的路，你走过一段，回头看看，还记得多少曾经？还有多少同路人？还有几个相伴者？只剩模糊的碎片。一切渐行渐远，一切都在改变，一切又在延续。把一切都当成一场梦吧，梦醒以后，昨天已散作了云烟，又是一个朗朗的晴天。

⊙ 真正的安静，不是避开车马喧嚣，而是净化心灵污垢；真正的坚守，不是远离人情世故，而是修筑内心城墙；真正的爱情，不是流连花前月下，而是相伴风雨岁月；真正的寂寞，不是满目城阙的荒凉，而是回忆过往的空落；真正的缘分，不是日月山水的浪漫，而是尘海茫茫的凡烟；真正的人生，不是烈酒般的浓烈，而是清茶般的弥香。

⊙ 世界上最近的距离是自己的心，世界上最远的距离也是自己的心。

⊙ 如果这个世界像一条奔腾不息的河流，我们每个人只是河流里细小的浮游生物。这个世界大到并不在乎你的存在，你想要让自己好好活着，就必须层层保护好自己，必须习惯和大环境同步呼吸。有时候随波逐流是抓住生机的一种无奈，有时候与环境紧扣是延续生命的一种手段，有时候忘了自己是保护自己的一种智慧。

⊙ 这个世界上只有美好的现实，没有完美的现实，这就是现实。若你懂得，你就会原谅生活中的瑕疵和不足的存在，悠然自得；若你不懂得，你就会陷进痛苦的深渊，不能自拔。追求完美好累，且不可能，追求美好容易，且随处可见。那就让我们释然，感恩生活带给你的一切，轻松追求带有瑕疵的美好。

⊙ 生活中必定会遇见许多意外，这是我们意料中的事，所以那些意外也就不成其为意外了。在这些过程中，我们学会了认知，学会了思辨，学会了容忍，学会了转弯，学会了淡然处事，学会了超然物外，学会了自筑小巢，享受灵魂的世界，这就是尘世遭遇的意义所在。

⊙ 生活就像下棋，你要总是赢，没人敢跟你下，你要总是输，没人愿跟你下，你要总是下和，没有什么意义。下棋要有输有赢有和，才妙趣横生，意味深长。

⊙ 路，不通时，选择拐弯，心，不快时，选择看淡；情，渐远时，选择随意。

⊙ 太阳不会因你的失意，明天不再升起；月亮不会因你的抱怨，今晚不再莅临。蒙住自己的眼睛，不等于世界就漆黑一团；蒙住别人的眼睛，不等于光明就属于自己。

⊙ 只有想不到的人，没有做不到的事。想干总会有办法，不想干总会有理由。

⊙ 一切美德，若不在我们的内心扎根，就会流于虚伪；一切知识，若不能在我们的心里留下印记，也只能是过眼云烟。人的一生，如果没有用心思考，就没有真正活过。

⊙ 很多的经历都是必然的，不论是快乐还是伤痛，不论是艳阳还是风雨，生命的书本总是这样一页一页翻过，人生的故事总是这样一段一段继续，直至不能回头的彼岸。

⊙ 没有一种环境你不能适应，因为活着所有人都这样过。没有一道坎你过不去，因为活着没有退路只能前行。

⊙ 有没有这样一段经历，美好而不曾忘记，却被我们理性地搁置心底，每当夜深人静会偶然想起，心中仍泛起一丝暖意，一朵涟漪，安慰寂寥的心情，滋润枯涩的灵魂。

⊙ 对人来说，行为是最真实的语言，衣着是最动人的语言，气质是最美丽的语言，品格是最感人的语言，心灵是最诚挚的语言，大脑是最丰富的语言。

⊙ 都说时间是忘却的良药，都说时间会改变一切，其实生命中有些东西，不会因为我们转弯了就戛然停止，不会因为我们走远了就全无踪迹，不会因为我们丢弃了就干干净净。时间会让深的东西越来越深，浅的东西越来越浅。有些缘分失去了还会寻来，有些故事即使已被替代，那些情节还会扎根于心灵深处，陪伴我们直至生命终点。

⊙ 人生就是一场一场的相逢，驿路策马，长亭短憩，一回头就是一场相逢。尘世中尽管人来人往，但更多的是过客，有的成了陌路，有的成了敌人，也许会恨一段，怨一段，只因彼此曾经走入对方的灵魂。于万千的人群中，于无涯的时光里，没有早一步，也没有晚一步，来了，去了。无论相处多久，唯有感谢一起走一程。

⊙ 现实生活中很多人和事，当我们远远望去总是非常美好，可走近一看往往大失所望，其实这本身只是人的一种错觉而已。就像远远望去的美丽风景，当你走近总有杂草和乱石存在。实相往往隐藏于表象中，看不见的要比看得见的真实。当所有人都被假象迷惑时，你仍然保持清醒的头脑，你就不会被现实所伤害，就会立于不败之地。

⊙ 有时我们说平安，不是什么事都没发生过，而是我们接纳了所发生的事；有时我们说顺利，不是什么困难都没有，而是我们曾经化解了困难。生命就像一棵不断生长、不断凋零的树，叶茂终有叶落时，一切都在经意或不经意中变化。人生也一样，生命的道路千变万化，开阔时的大气，嶙峋时的刺激，风雨中的泥泞，阳光下的美丽！

⊙ 每个人身上都有正能量和负能量。当你清醒，当你豁达，当你理性，你释放的是正能量；当你执迷，当你狭隘，当你无知，你释放的是负能量。这个世界是球形的，你释放了什么能量，回过来的就是什么能量。你释放了爱和宽恕，你得到的便是敬和包容；你释放了怨和欺骗，你得到的便是愤和猜疑。可谓种瓜得瓜，种豆得豆，因果循环。

⊙ 也许你已遍体鳞伤，也许你已忍无可忍，也许你已竭尽全力，但无论怎么承受，无论怎么包容，无论怎么努力，那些失望沮丧和痛苦总是随风如影追随着你。不要被痛苦吓倒，不要被失望击垮，不要被沮丧迷惑。也许坚持，再坚持一会儿，也许机会就在转角处，也许黑暗过去就是黎明。也许成功这本书需倾其一生书写。

⊙ 有时候老天总爱开玩笑，你想要的东西他攥着不给，你不想要的东西他却大方奉之。有些事你花了很大的精力却事与愿违，有些事你无所谓结果却找上门来，令你百般无奈啼笑皆非。不要怨天怨地怨人，不要痛心伤心灰心，老天并非故意刁难你，只是以某种方式提醒你做得不够。把遗憾作箴言，把不堪为镜子，找见不足，重拾自己。

⊙ 别人合脚的鞋子，也许你穿着难受；别人光鲜的衣服，也许你穿着别扭；别人适合浓妆艳抹，也许你适合淡淡修饰；别人适合游泳，也许你适合散步；别人适合的，也许你并不适合。不要羡慕别人，不要总和别人比较，不要跟在别人的背后盲目效尤。任何时候别忘了自己的目标和使命，勇敢地扮演好自己的角色，你已经在成功的路上。

⊙ 当我们预测真相时，总有无数个可能，可事实是真相永远只有一个。其余都是我们强加给真相的附加值，当一切真相大白，那些附加值都毫无意义。只有一样对我们很重要，那就是：不管真相如何，你都得坦然接受和面对，你哭也好，笑也好，这与真相无关。一切都会过去，一切还会再来。生活中、工作上，无数个真相等待我们去破译。

⊙ 很多时候，生活不会给我们选择的机会。在每一个人生的十字路口，虽然我们苦苦徘徊，丈量着每一寸得失，精算着每一个取舍，事实却是命运早已安排好了一切，不管我们频频的回首如何伤痛，不管我们踌躇的脚步如何无助。时光流走，我们已经错过了许多。

⊙ 很多事情当发生时，你会觉得它很大，甚至占据了你整个心灵，但当时过境迁，你会觉得它小到不足挂齿，这是一种自然的被超脱。如果你明白这个道理，即使遭遇不幸，请不要深陷其中，再难，再痛，再颠沛，终究会随时间的推移而淡漠，化解，抚平。

⊙ 一个妄自尊大的人，定是个浅薄而虚夸之人，就像井底之蛙不知天外有天，人外有人；一个谦逊宽厚的人，定是个成熟而丰富之人，就像稻田里的谷子，愈饱满头垂得愈低。

⊙ 原谅自己是一种懈怠，原谅别人是一种慈悲。

⊙ 都说人生如戏。白天我们在众目睽睽之下，表演着各自的角色，喜欢的和不屑的；精湛的和蹩脚的；华丽的和简陋的。是演员也有卸妆的时候。当喧嚣的白昼过去，世界归于宁静，我们对着镜子，卸掉面具，洗去一天的劳累。音乐声中，读书、写作、遐思，终于做回我们自己。此时，我们的灵魂才真正附体，我们的身体尚有满足与快感。

⊙ 我们可以无视眼睛所见，但不可以否定内心感受；我们可以不理耳朵所闻，但不可以不听灵魂召唤；我们可以不信轮回，但不可以不敬神明；我们可以不屑四季，但不可以不畏天地；我们可以抛却浮华，但不可以丧失信仰；我们可以轻贱虚名，但不可以没有底线；我们可以不优秀，但不可以不努力；我们可以不聪明，但不可以不善良。

⊙ 人生命的意义在于追求。但所谓追求，并不是制造问题，而是解决问题。生命无常，想要的未必能到来，到来的未必你想要。很多问题，我们不必刻意去想，而是碰上了再去思考，去面对去解决问题，那份宠辱不惊才是我们应具备的智慧。关于人生的那些困惑，只要你活着便注定有，你又何必庸人自扰，深陷其中，不能自拔？

⊙ 把眼光放远些，把心胸放宽些，不要计较眼前得失，不要因小失大，有时放弃了局部，我们反而得到更多。

⊙ 看得见抑或看不见，听得见抑或听不见，想得到抑或想不到，记得起抑或记不起，有时不是用眼，用耳，用脑，用记忆，而是用心。若心想看见多远就有多远，若心想听见多少就是多少，若心想得到多大就有多大，若心想要记得就不会忘记。若心什么都不想，什么都不要，可以装瞎，装聋，装笨，装失忆。有心就有一切，无心便无一切。

⊙ 请不要靠近我，靠近了，我怕你我心生倦意，缘来了缘还去；请不要离我远去，去远了，我怕你我变得陌生，从此不再交汇。

⊙ 人有时候会很无语，那是因为人的很多烦恼不值得说或者不能说，于是选择沉默。沉默能够净化敏感的心灵，宁静能够催生高洁的骨朵。

⊙ 有些记忆你想删除却已深深地铭刻在你的心底挥之不去，有些感动你想重温却只淡淡地存在于你的回忆似有若无。

⊙ 聪明是父母给予的，知识是老师给予的，智慧是生活给予的。通过努力，改变了环境是聪明；知道环境不能改变，而顺应环境是智慧；知道生命无常，以不动制动是大智慧。

⊙ 有一种情，叫情不自禁；有一种爱，叫爱莫能助；有一种意，叫意想不到；有一种思，叫思若泉涌；有一种望，叫望眼欲穿，有一种痛，叫痛彻心扉；有一种泪，叫泪如雨下；有一种缘，叫缘生缘灭，有一种梦，叫梦起梦落；有一种人，叫人来人往；有一种好，叫好自为之。

⊙ 化妆简单就端庄；歌曲简单就流行；装修简单就舒适；衣着简单就大方；手机简单就实用；感情简单就持久；关系简单就牢固；朋友简单就靠谱；生活简单就安稳；心情简单就愉悦；思想简单就幸福；追求

简单就知足。学会简单不简单。

⊙ 不要把日程表排得满满的，不要把太多的余力投掷在繁忙的工地；不要把太多的光阴洒落在喧嚣的闹市；不要让汗水和泪水在你走过的路上留下遗憾的印记。给自己留一份闲暇，留一份空白，偶尔偷安一下，偶尔无聊一下，去领略更广袤的天地万物，去感受更充足的阳光空气，也许你会更深刻地体悟生命的实相，生存的意义。

⊙ 有时候放慢脚步，是为了看清前行的方向；有时候绕道而行，是为了更顺利到达目的地；有时候收回拳头，是为了更有力地出击；有时候管住嘴巴，是为了更切时机的发言；有时候闭上眼睛，是为了看得更清晰更深刻；有时候捂住耳朵，是为了聆听灵魂的声音；有时候留点空白，是为了生命更自由更多彩。

⊙ 不要为昨天忧虑，昨天已然过去，而过去了的已经成为回忆，所有所有的忧虑都已经多余；不要为今天忧虑，今天正当匆匆时，不要让忧虑加重了你的压力，不要让忧虑阻碍了你前行的步子；不要为明天忧虑，要来的终要来，要去的终要去，明天自有明天的忧虑，明天自有明天的福祉。

⊙ 你可以失言，但不能失信；你可以缺钱，但不能缺德；你可以倒下，但不能跪下；你可以求名，但不能盗名；你可以低落，但不能堕落；你可以放松，但不能放纵；你可以虚荣，但不能虚伪；你可以平凡，但不能平庸；你可以浪漫，但不能浪荡；你可以生气，但不能生事。

你今天很难过，明天很难过，也许后天难过就溜了；你今天很失望，明天很失望，也许后天希望就来了；你今天很糟糕，明天很糟糕，也许后天就成功了。所以，再难也要扛得过，再苦也要熬得过，再痛也要挺得过，再糟也要正常过。那些所有过得去或过不去的一切，都会随时间悄悄流逝，慢慢消散，你想挽留都难。

⊙ 智慧也许在聪明与愚笨之间；真理也许在直觉和理性之间；哲学也许在困惑与明白之间；情趣也许在忙碌与无聊之间；幸福也许在快乐与痛苦之间；音乐也许在躁动和空灵之间；超脱也许在执着和放下之间；美好也许在现实与梦想之间。

Part 5 言商

“意识本身可以把地狱造就成天堂，也能把天堂折腾成地狱。”很多事，看你怎么去想，你的想法可以把自己的生活变得妙趣横生，也可以把自己的生活变得味同嚼蜡。商场，看上去物欲横流，充满诡谲狡诈，实则有趣与无趣，在于操盘者。如果你有奇妙的主意，想让其变得有趣，那么或许这个世界会有不一样的精彩。

哲思小语

⊙ 有时候，别人赞美你，不是因为你真的有多好，而是因为别人出于礼貌；有时候，别人批评你，不是因为你真的有多差，而是因为你不是别人那道菜。别人的评说只是别人的喜好，你自己的作为才是最重要的见证。

⊙ 得失不是算计的而是体验的，你算计得越精越得不到你所苛求的；高低不是攀附的而是随缘的，你越攀龙附凤越爬不上所求之位；美丑不是装扮的而是自然的，你越刻意粉饰越达不到你所奢望的；胜败不是随心的而是随缘的，你越随心所欲越得不到缘分的青睐；生死不是左右的而是看淡的，你越想左右一切越是会被一切所左右。

⊙ 如果前面碰到一堵墙，你肯定会选择绕道走，不会傻得去撞南墙。生活中，我们会碰到一个难缠的人或一件棘手的事，也不要忘了，可以绕道而行。有时候选择硬碰硬，只会让大家尴尬，让自己受伤，于事无补。

⊙ 高处不一定是好处，低处不一定是坏处，如果那个高处都是些与你不相契的小人，即使你到了高处，也是高处不胜寒。如果那个低处都是些与你气味相投的良善之人，岂不福哉乐哉。只要心在高处就够了，人在低处其实无妨，因为只要心的格调不低，你一样站在高处，这样的高处，才是对你有益无害的好处，真正意义上的高处。

⊙ 很多事你想做成，除了努力之外，机会很重要。不掌握好机会，一味蛮干，只会把本来可能的事，折腾成不可能。有些事，一开始觉得不可能，也不要轻言放弃，机会也许就在某个下一刻等你，你选择了放弃，就是放弃了努力的权利和成功的机会。成功三要素往大里说：天时地利人和；往具体说：机会努力坚持。缺一不可。

⊙ 逆多顺将至，失久得必来；顺多逆将至，得多失必来。

⊙ 人在空虚孤独伤痛的时候往往会追求外在的东西来弥补自己内在的缺失，比如找人说话、上网、看书、看电影等等，更有甚者，以追求感官刺激来填补内心的空虚，其实外在所有种种，只能给予你暂时的麻痹和忘却。我们只有学会孤独，直面自身与自己的灵魂对话，做自己的朋友，你的灵魂的力量便会日渐壮大，再也没什么可以打倒你。

⊙ 不要总是羡慕别人事业有成，不要总是哀叹别人比你幸福，不要总是埋怨命运之不公，机遇之可遇不可求。有多少成功，有多少幸福，就有多少付出。光环后必定有千辛万苦的历程，有足使你警醒和震撼的深刻。沉下心来，看看自己的脚下，也许机会就在你身边，也许你现在所做，就是你要挖掘的宝藏，也许你缺的就是那份持之以恒。

⊙ 成功的人，总是被人羡慕、仰望、崇拜、追逐，可成功者大多是不幸福的，那些财富与头衔和与之相关的一切充斥他们大脑，整天风尘仆仆、忙忙碌碌甚至焦头烂额，与平常人相比，他们负荷更多生命重担，在得到成功光环的同时，失去更多的是与幸福有关的东西，或许我们缺少的只是一点意趣，一点闲情，让我们忙中偷闲，让我们忙得快乐，忙得从容吧。

⊙ 人的理想和抱负，如若只停留在口头上，不愿付诸时间和劳动，顶多只是在做着白日梦，就像这绚烂的肥皂泡一圆即灭，随风而散。高贵的外表需要厚实的内在支撑，如若外表光鲜，内里空洞无物，更哪堪时间一击？

⊙ 当有人把你捧得很高的时候，不要忘乎所以，因为他随时都有松手的可能，他把你捧得越高，你就会摔得越惨；当有人把你贬得很低的时候，不要灰心丧气，因为你的脚步不曾离开坚实的土地，在这片土地上，留下你深深脚印。

⊙ 改变不是随心所欲，创新不是异想天开。任何急躁、轻率和冲动都于事于理于情无补，与其盲目冲到前面后悔莫及，不如一步一个脚印走得心安理得。想好了就去做，不要犹豫；去做了就要坚持，不生后悔。人生的路没有如果，但是有 N 多但是，该走的路短不了，该吃的苦少不了，该你的幸福躲不掉，该你的成功跑不了。

⊙ 放下架子你会高朋满座；放下面子你会挥洒自如；放下压力你会轻松愉悦；放下消极你会海阔天空；放下自卑你会自信满满；放下犹豫你会勇往直前；放下狭隘你会虚怀若谷；放下怀疑你会真情长久；放下抱怨你会心生欢喜；放下嗔怒你会笑口常开；放下懒惰你会改变命运；放下贪欲你会知足常乐；放下过去你会拥有未来。

⊙ 什么是成功？有钱了有财了有权了有名了？也许在别人眼里，你的确混得不错，你是幸运儿、成功者。可是你喜欢吗快乐吗幸福吗满足吗？不是！你越钱多财满会越空虚，你越名高权重会越浮夸。其实，人生的价值不在于你在别人眼里占据怎样的位置，而在于你的真思维真性情真兴趣真感受是否发挥到了极致，是否做着自己喜爱的事。

⊙ 当你夸夸其谈，必遭人小觑；当你喋喋不休，必遭人厌烦；当你谎话连篇，必遭人唾弃；当你话不投机，必遭人远离；当你语无伦次，必遭人漠视。可见语言不是最给力的武器、最美好的分贝、最真实的表达、最顺遂的沟通。俗话说：言多必失。当你滔滔不绝，也许正丢失真相，丢失自我。说，该说的；不说，不该说的；少说，可说可不说的。

⊙ 大话不能说，否则损己威；骄话不能说，否则损己才；假话不能说，否则损己信；暗话不能说，否则损己真；脏话不能说，否则损己雅；厉话不能说，否则损己德；损话不能说，否则损己道；废话不能说，否则损己听；迂话不能说，否则损己能；妄话不能说，否则损己性；气话不能说，否则损己身；痛话不能说，否则损己安。祸福皆口出。

⊙ 其实你一搏，时间也这样过，你不搏，时间也这样过，不如一搏，说不定哪一天你搏着搏着就成功了。当荒原长满绚丽的花朵，当桑田挂满丰盈的硕果，你会觉得一切一切的苦难都是福祉，一切一切的不平都是印记，一切一切的拼搏都值得，你没白活。

⊙ 当你的双眼再也不浸满泪水，不是因为痛苦已离你远去，而是习惯了把眼泪咽进肚里；当你的脸庞总是洋溢着微笑，不是因为快乐已经青睐你，而是职业告诉你该那样去做；当你的心情总是呈现出淡定，不是因为烦恼再不光顾你，而是你学会了勇敢地去面对；当你的姿态总是显示着自信，不是因为幸福已经拥吻你，而是你找到了生命的意义。

⊙ 能让你强大的，不是坚持，而是放下；能让你淡泊的，不是得到，而是失却；能让你登高的，不是他人的肩膀，而是内心的学识；能让你站立的，不是残喘的苟活，而是不屈的抗争；能让你重生的，不是等待往事的结束，而是勇敢地跟它说再见；能让你终生追逐的，不是远方的目标，而是不死的信念。

⊙ 出差在外，我们总是带着鼓鼓的行囊，很多时候那些携带的物品大都用不上，只是给我们的旅途增添了烦琐和不便。日常生活何尝不是如此，那些处理不完的杂务，没完没了的应酬，就像旅途拖累我们的行囊，让我们疲惫不堪。但凡我们能跳出来想一想，审视一下是否必要，删除一些无价值的东西，也许我们会活得更轻松更洒脱一些。

⊙ 今日的挫折就是明日的财富；今日的吃亏就是明日的受益；今日的缺憾就是明日的铺垫；今日的汗水就是明日的成功；今日的眼泪就是明日的智慧；今日的痛苦就是明日的幸福；今日的平淡就是明日的精彩；今日的一切就是明日的折射。

⊙ 我们的对手也许是我们的帮手，没有他们对我们挑剔指责苛求，我们就认识不到自己有那么多的不足和潜力。古时有句哲言：重视你的敌人，因为他们最先发现你的错误。有时候真正让你懂得让你成长让你坚持的并不是顺境和朋友，而是让你不堪让你受伤让你流泪的逆境和对手。福兮祸之所伏，感谢对手给我们福祉。

⊙ 当我们身处顺境时，要把困难想得多一点，免得困难来临不知所措；当我们遭遇困境时，要把问题想得简单一点，免得千头万绪找不到方向。真正的失误也许在你最优势的地方，因为少了忧患意识，少了应对的经历；真正的机会也许在你失败之地，因为它给了你经验，给了你更聪明的方式。

Part 6 听花

花在晒它的娇艳，树在扬它的潇洒，海在炫它的辽阔，山在装它的深沉，空气在焦躁着变异，我们忙碌着，各顾各，你在种植梦想，我在描绘希望，我们偶尔相视一笑，如此便好。

有时候我感觉这个世界是那么苍老世故，而我却天真无知，无力承受生命之重；有时候我感觉这个世界充满青春驿动，而我却老去，只剩下泛黄的记忆。有时候我感觉这个世界在我面前消失，无影无踪，有种遗世的解脱；有时候我感觉这个世界把我丢弃，无牵无挂，有种隔世的惶恐；有时候我无法爱这世界，有时候我无法爱我自己。

当我们仰望天空，粼粼点点，星光灿烂……我们是否思考：又有哪颗闪耀的星辰，不是首先接受了黑暗的天空，方显出自身的光亮和魅力。

哲思小语

⊙ 放不下的东西，请就地掩埋，来年春天定会发芽，还你一个不一样的惊喜。

⊙ 当你看见别人错了，不要急着帮人纠错，因为也许不是他错，而是你错。

⊙ 幸福，不是拥有一切，而是拥有你想拥有的。感觉不那么幸福，是一种危险的信号，因为你有太多贪念。

⊙ 佛说：我们来到这个世上，不是为了享乐，而是为了还债。如果从这个意义来讲，我们所遭遇的一切都不是无缘无故的，是有来由的。

⊙ 人生就是这样，你幽默你便能体会生活的幽默；你悲情你体验的生活固然悲情；你可恶你折射的生活也是可恶的。正所谓苍天不负有“心”人。

⊙ 有时候，放下高贵未必是庸俗也许是清新；放下骄傲未必是卑微也许是虚心；放下强大未必是弱小也许是纯粹；放下前卫未必是落后也许是个性；放下，未必是放下，也许是拥有。

⊙ 在这喧闹的凡尘，我们都需要有适合自己的地方，用来安放灵魂。也许是一座安静宅院，也许是一本无字经书，也许是一条曲折小路。只要是自己心之所往，都是驿站，为了明天起程不再那么迷惘。

⊙ 我们太在意所有人的眼光，对每个人都“真情以待”，“殷勤有加”，你觉得这很公平，也给你带来不错的人缘，不过那些只是泛泛之交，你永远成不了别人心里最要好的那个。因为最要好的永远只在少数。

⊙ 当你犯错时，总是理所当然想得到原谅，你一次次犯错，一次次称心如意得到了原谅，你觉着这些都是情理中的事，甚至犯错也可以理直气壮，可是朋友你知道吗，原谅并非一件难事，沉默更是容易，你得到了原谅，不是你的胜利，你的代价是由此失去了人最宝贵的东西——信任。

⊙ 学会哲学思辨，让你闲散中不那么无聊，沉重中不那么压抑；让你置身庸俗而不市侩，置身人群而不跟风；让你逆境中走出希望，顺境中找到不足；让你生活充实而诗意，心灵现实而高贵。如果说心灵鸡汤是酒，能让你驿动，那么哲学思辨是烟，能让你沉淀。在当今这个浮夸躁动的社会，人需要更多的哲思和沉淀。

⊙ 如果不在一个频道上，再怎么卖力表现也等不来掌声响起；如果缘分还没有到来，再怎么卑微示好也等不来真心对待；如果不在一个纬度里，再怎么嘶声呐喊也等不来回音共振。你的好不在别人的嘴里，在自己的作为里；你的路不在别人的眼里，在自己的脚下；你的快乐没有人会施舍给你，只有自己给自己。

⊙ 凭真做人，人不败；凭心做事，事必成；凭脑行路，路亨通。

⊙ 上苍是公平的，每个人都有一块属于自己待开启的生命领地，只是有些人清晰地知道自己的人生目标是什么，早早将其开发成一道令人艳羡的风景；有些人走了一段弯路后，终于找到目标，正奋力开垦中；有些人朝三暮四，这山望着那山高，一生都在寻梦的路上；有些人就此迷失在人生的十字路口，走向了相反的方向。不是命运决定你的人生，而是你的思路和人生态度决定你的命运。

⊙ 参与其中的生命固然鲜活曼妙，但我们也要学会做一个生命的旁观者，所谓当局者迷，旁观者清，更多事物我们只有抽身出来看，才能看清其本质。当有一天你从自己身上看到的不单单是自己，从他人身上看到的不单单是他人的时候，当你从大自然的定律和四季变幻中能看到人生规律，当你从社会的走势和世界的发展中能看到你的未来的时候，你的思想得到了真正意义上的升华，你的生命才更茁壮向上，你的人生才更美好如初。

⊙ 女人，要么天生丽质，要么后天励志，缺一不可。

⊙ 在喧嚣里沉静，在泥淖里芬芳，在俗世里自省。

⊙ 站在高处要学会俯下身子，站在低处要学会挺起腰杆，站在近处要学会登高望远，站在远处要学会回头看探。

⊙ 不是每一条道路都直通大海，走弯路是自然界的一种常态，只要你没有停下前进的脚步，每走一步都向目标接近了一步。

⊙ 那些陈年往事，在当时看来，也许平凡得不值一提，许多年以后把它翻出来，要么成为一个幽默的段子让人忍俊不禁，一笑了之；要么成为一面清晰的镜子让人照见自己，了然于心。生活就像老酒，放得越久越醇香，放得越久越增值。

⊙ 即使你是当局者，也要从这个局里跳出来，所谓当局者迷，如果你总陷在事情本身，就看不清事情的全部面貌，很多事如果能换一个角度，站在第三者的立场，或者站在更高的高度看，你所看到的也许会是另一种景况，也许在你眼里大事成了小事，小事成了没事，坏事成了好事。时间和时空会改变人对事的感观和判断。

⊙ 别在弱者面前逞强，别在强者面前示弱。

⊙ 你想走近一个人，就选择离开；你想离开一个人，就选择走近。距离疏远了两个人，却拉近了两颗心；距离拉近了两个人，却疏远了两颗心。你想保持对一个人的仰慕，就拉开距离；你想保持对一个人的爱，就请离开。

⊙ 即便是小事，也需一件一件去做好，拖沓不得，小事一大堆，就成大问题，因为事情太多，你不知道从哪里着手，顾了这头顾不了那头，焦头烂额，事倍功半，最后耽误事的往往是小事。每天的工作从小事做起，做好每一件小事，成就大事。

⊙ 世间最可怕的人，不是小人，也不是坏人，而是无明之人。所谓无明的人，就是明明做错了，却永远觉得自己是对的，明明笨得可以，却永远不知道自己有多无知，甚至听不进别人的善言，永远把别人的好心当作驴肝肺，而且还把自己的错误妄想付诸行动，害人害己。

⊙ 一些事情不是非要旁人佐证统一思想后才去做，境界不同，看法不同；位置不同，理解不同；三观不同，思维不同。有时候大张旗鼓做事只会让你阻力重重，有时候面面俱到做人只会让你身心俱疲。有些事不要太张扬，要低调地去做，因为只有这样阻力才小，障碍才少，等事情做起来了，有些可能的阻碍无形中就消失了，等事情做成了，更是皆大欢喜了。

⊙ 有时候，你对别人横挑鼻子竖挑眼，并非那个被挑剔的人真的一无是处，而是你的要求过于苛刻；有时候，你苦于追求完美，追来的恰恰是不完美，因为这个世界根本没有十全十美；有时候，当你挑剔别人的时候，你也正被别人挑剔，因为你怎么对人人怎么对你。爱挑剔，美其名曰：追求完美，恰恰折射出人缺失的同理心和自己的不完美。其实，有底线的融合才是做人的王道，求大同存小异才是做事的要术。一个完美的人不会挑剔别人的不完美。有瑕疵的美才美得真实。

⊙ 当你被人算计吃点亏的时候，不要愤愤不平，也许另一种好运已向你开启；当你算计别人得便宜的时候，不要沾沾自喜，也许另一种灾难已向你靠近。

⊙ 人，终究不是那么简单的物种，不能因为你的好恶轻易给出好人与坏人的评价。但你身边每个人的长处和短处显而易见，足以让你扬长避短，趋利避害。

⊙ 誓言依旧，人事全非。所谓永远，只是代表过去；所谓爱情，只是代表彼时。有一些人活在记忆里，刻骨铭心；有一些人活在你身边，却遥不可及。凝眸时相思成愁，回首时积怨成哀。旧时明月，撑不起地久天长的真言，也留不住海枯石烂的童话。心上的纠葛，解得开，是结，解不开，是劫。

⊙ 时间是个非常奇怪的东西，当你需要它的时候，它表现得非常吝啬，即便给你，也需要一点点地挤，仿佛挤牙膏，总是让你感觉不够用，譬如你平时做事拖沓需临时抱佛脚的时候，时间一定会这样苛待你。当你不需要的时候，时间又非常赖皮，你怎么赶它都赖着不走，譬如你在等待一个人或等待一个结果的时候，时间一定会跟你玩这种把戏。

⊙ 现实中有太多不尽人意，让我们欲罢不能，唯有心灵深处可收藏美好或修筑荫篱。

⊙ 在不平的路上优雅舞蹈，在混浊的水中清新绽放，在黑暗的天空星光闪烁，在无情的人间深情款款，在繁复的世界安之若素。

⊙ 真的友谊，带些偶然，带些不知不觉，在你的潜意识里，某年某月某天某个不经意间种下了种子，终有一天，在你心里露出了萌芽，长成了绿茵，没有姹紫嫣红的热烈，只有清雅淡绿的深厚。

⊙ 有些人遇见注定离开，有些缘念起终究成劫。人生，总会有一些无奈，我们无力改变，就选择释然。将美好留于心底，淡淡就好；将悲伤置于脑后，遗忘最好。

⊙ 对大部分人来说，选择和什么样的人交往是一件非常重要的事情，他们会潜移默化地影响一个人对生活的态度、处理问题的方式方法，影响一个人看世界的角度，甚至大是大非的抉择。当然也有些人例外，他们的内心深处早已种下一道深深的竹篱，即使身处再热闹的场景，再嘈杂的环境，他们只是静静地绽放着自己。

⊙ 能昭雪的未必是真冤情；能平息的未必是真委屈；能解脱的未必是真困局；能澄清的未必是真误会；能咽下的未必是真眼泪；能挽回的未必是真倒霉；能诉说的未必是真感受。

⊙ 没有一条通往远方的路不是充满误解和委屈，没有一条通往成功的路不是充满羁绊和艰辛，没有一条通往灵魂的路不是充满涅槃和拷问，多年以后，你会发现你所承受的种种，是你灵魂上升的阶梯，是你成功丰碑的积淀，是你生命意义的诠释，是你勇敢活着的动力。

⊙ 当我们感到迷茫，就做好眼前；当我们遇到挫折，就仰望远方。

⊙ 有些心事，知道永远只能成为心事，不能成为现实，但，还是会不由自主。

⊙ 你想了解一个人，走近他；你想理解一个人，超越他；你想不爱一个人，去爱他。

⊙ 人生中一些东西是本该你受的，一些东西是不该你受的，为了那些不该你受之重，轻慢了那些该你受之重，于是所有一切在失衡胶着的状态中，让你混乱不堪，难以脱身。

⊙ 有时候，不管你目标再远大，规划再完美，自己再踌躇满志，最终还是敌不过变化要比计划快，所以说很多人做了才能相信，很多事水到才能渠成。理想很丰满，现实很骨感。

⊙ 我们明白很多事情不由自己的意志而转移，我们能够主宰的只是自己的意志力，这是唯一能够抗衡命运的法宝，而生活给予你的鸡零狗碎却足以磨掉你的耐心和意志力，让你瞬间崩溃。

⊙ 你以为可以改变一切，但其实是一切改变了你。有时候，所谓灵魂孤独就是意淫逃离现实后的快感；有时候，所谓修行参禅就是给逃离求一份心安理得；有时候，所谓现世静好就是给狂躁的心一粒缓解药。

⊙ 世界上的眼泪有固定的量，有一个人哭，就有一个人不哭。笑也一样。而人总是无谓又无聊地去做这些平衡，于是乎把自己的生活搞得哭笑不得。其实，与其哭笑不得不如大声哭或开怀笑，这样的生活来得更真实而痛快淋漓。

⊙ 计较，是人性的缺点，它让我们失去太多宝贵的东西。当一个人和人计较的时候，就会失去友谊和爱；当一个人和名利计较的时候，就会失去真实；当一个人和地位计较的时候，就会失去机会；当一个人和钱计较的时候，就会失去价值；当一个人和社会计较的时候，就会在社会上难以立足；当一个人和团队计较的时候，就会被团队唾弃；当一个人和自己计较的时候，就会失去快乐和自我；当一个人和前途计较的时候，就会迷失方向；当一个人和世界计较的时候，就会失去人生的意义。人，当你不为什么的时候，才能遇见什么，当你不计较什么的时候，才能得到什么，这也许就是无为而为的道理，人生只要开开心心地活着，其他都是附带品罢了。

⊙ 快乐和幸福，不是一件东西，你想要就可以拥有，而是一门学问和技巧，如果你掌握不了，即使好事临门，你也只会麻木不仁，理所当然，因为人心总是难平的。如果你掌握了这门学问，即使厄运降临，你也会静观其变，把坏事变成好事，因为人的能量是不可低估的。

⊙ 一个用心的人，一片白云间可以听到雷声；一潭清水中可以看见暗流；一朵鲜花里可以读懂四季；一米阳光下可以博得春天；一本书本里可以获取灵魂；一个故事里可以读出生命。一个用心的人，注定具有诗意和美好心灵。一个用心的人，注定表面孤独，内在丰富。

⊙ 黑夜，给了我一双深邃的眼睛和想象的大脑；白天，给了我一双勤奋的双手和成功的机会。

⊙ 一滴泪水可以引发我们对人生的思考；一个决定可以改变我们命运的轨迹。

⊙ 有些路只能一个人走，有些事只能一个人承受，有些话只能对自己说，有些爱只能藏在心头，有些泪只能独自流。

⊙ 我们寻寻觅觅，有时寻来的，并不是我们想要的；我们随遇而安，有时得到的，却正是我们所求的。也许生命原本单纯，是我们的虚荣心太复杂，也许生活原本简约，是我们贪念太深重。我们漫无目的找寻，找寻一个永远达不到的目标。其实，你所要找的东西就是你自己，只是你的轻慢与偏见，一次一次将自己遗弃。

⊙ 人因清醒而痛苦，人因痛苦而觉悟。

⊙ 真正深刻的地方一定是安静的，太热闹的地方一定是肤浅的。

这便是灵魂与身体的差别。人在热闹时也许灵魂很孤独，人在孤独时也许灵魂并不安静。

⊙ 我们执着是因为生命只有一次；我们放下是因为轻装方能快行；我们高调是因为传唱生命之歌；我们低调是因为虚心使人进步；我们无奈是因为天公并不作美；我们庆幸是因为付出总会兑现；我们迷失是因为世界太多表象；我们清醒是因为灵魂尚存敬畏；我们痛苦是因为成长伴随失却；我们快乐是因为失败孕育成功。

⊙ 我们总会被突如其来的缘分砸伤，缘分这个东西真真假假，变幻无踪。有些缘分稍纵即逝，有些缘分纠缠不清；有些缘分落地开花，有些缘分无疾而终；有些缘分如疾风暴雨，有些缘分如微风细雨；有些缘分让你愉悦，有些缘分让你受伤；有些缘分来得快去得也快；有些缘分在你不经意间到来，却在你很介意时离开。缘分只是托词。

⊙ 不管是好的经历，还是坏的经历，都是你生命某个阶段的印记，不要轻易将它抹去，否则，你的人生会支离破碎。

⊙ 当命运领着你走的时候，你会深感迷茫而不知所措；当命运拖着你走的时候，你会深感疲惫而惶恐不安；只有当你和命运结伴而行，你才会深感愉悦而得心应手。

⊙ 一样东西，在没有得到它的时候，特别想得到，甚至想得神魂颠倒，痛不欲生，一旦得到了，又觉得不过尔尔，不知道珍惜，这是人的通病。人们自制了一道深墙，墙外的人争着往墙里挤，墙里的人争着往墙外拥。人但凡能跳出这道墙，站在高处看，人世间的一切，在无限的时空中，是那么微不足道。

⊙ 有些人天涯咫尺，有些人咫尺天涯。

⊙ 有些人表面聪明却是大傻，有些人表面傻傻却是大智。

⊙ 宇宙因不拒万象而精深博大，大海因不拒细流而波澜壮阔，高山因不拒残石而挺拔雄伟，人生因不拘一格而成就辉煌。

⊙ 事情远没有你想象那么复杂，也远没有你想象那么简单。从简单中读出复杂，是一种聪明，是一种敏锐，是一种谨慎；从复杂中悟出简单，是一种智慧，是一种大气，是一种乐观。复杂的人，悲天悯人，质疑一切；简单的人，乐观积极，摒除杂念。把简单的东西复杂化，只需半句多余的话；把复杂的东西简单化，需要一颗包容的心。

⊙ 生活是一杯原味咖啡，当你没有加任何调料时，它是苦涩的。但当你加入了适量的奶和糖，就会变得香醇美味，也许这就是幸福的味道。但若你贪心，加入了过量的奶和糖，又会变得发腻而难以入口。做任何事我们都要适度，浓淡相宜，恰到好处。适度是和谐的秘诀，和谐的表现是爱和包容，你做好了，生活就散发幸福的味道。

⊙ 不要相信自己的眼睛，那些一眼望去的东西并不可靠，你眼睛看得见的也许正好相反，每个人的心灵才是一种真实，而这种真实需要用灵魂去体会，需要用时间去辨析，需要用真心去换取。

⊙ 有一种美丽无关样貌，那就是品格出众；有一种高贵无关地位，那就是气度非凡；有一种优秀无关成就，那就是德才兼备；有一种大爱无关风月，那就是与人为善；有一种博学无关文凭，那就是见多识广；有一种深刻无关岁月，那就是历久弥坚；有一种财富无关金钱，那就是圈子人脉；有一种快乐无关风尘，那就是平和心态。

⊙ 四季可以变得黯淡，只要太阳愿意退去；大地可以变得沉默，只要大海不再喧哗；花儿可以拒绝盛开，只要雨露不再滋润；落叶可以不再飘零，只要风儿不曾打扰；天地可以失去浪漫，只要星空不再灿烂；人生可以永远寂寞，只要爱情一去不回；思念可以延绵不绝，只要时间愿意等待；我心可以为你枯萎，只要你愿接受荒芜。

⊙ 有时候，唯有闭上眼睛，才能看得见本色；有时候，唯有捂住耳朵，才能听得见声音；有时候，唯有回过头去，才能看得清真相；有时候，唯有越过当下，才能看得见目标；有时候，唯有一场泪雨，才能清晰了视线；有时候，唯有一次离别，才能邂逅了机会；有时候，唯有一番凌乱，才能淡泊了心情；有时候，唯有一次痛失，才能丰富了生命。

⊙ 幸福，不一定是拥有；痛苦，也不一定是失却。幸福，是失却以后你仍怀有希冀和追求；痛苦，是拥有以后你仍不知满足和珍惜。其实，人并非因为或缺什么而感到不快乐，而是因为渴望更多才生出宗宗烦恼。生命中有太多诱惑，金钱物质名誉头衔，我们拥有太多，竟忘了除此以外，人还有更高的追求，那就是从人生中觉醒，找到真我。

⊙ 脸谱太多终会忙不过来，心思缜密也会有疏漏，既然顾忌再多也不能让所有人满意，不如凭自己的良心去做，极简是复杂的克星。

⊙ 你今天执着的一切，只是你今天的机缘，只能代表今天的你，未必是你明天的梦；你今天摒弃的一切，只是你今天的无缘，不能代表明天的你，也许是你明天后悔的根源。

⊙ 天气要冷热适度才舒服，色彩要浓淡相宜才好看，衣服要松紧合适才得体，鞋子要大小正好才宜脚，走路要快慢匀速才轻松，日子要忙闲有度才惬意。有些事，你急着想做好，结果忙中易出错，事与愿违；有些人，你急着做判断，结果伊人已不在，空留千千结；有些缘，你急着去碰触，结果错过了刚好，留下了嫌隙；有些路，你急着想走完，结果忘了看风景，错过了好机会。

⊙ 世间的美与丑、善与恶、好与坏是错综复杂的，很多时候，我们眼睛所看到的并不像你耳朵所听到的那样，耳朵所听到的并不像你眼睛所看到的那样，因为眼睛只能看到某个片面，耳朵也只能听到某个片面，用心感受，将心比心，才能分辨出人的真假高低，美丑好坏。有时候，悲哀的背后是凄美，快乐的背后是伤情，奉献的背后是幸运，得到的背后是恶缘。

⊙ 人生的冷暖取决于灵魂的温度。当然，这个灵魂指的是你自己的灵魂。再热闹的环境也会让你寒意扑面，因为你感受到的是热闹背后的世事繁杂；再热烈的表白也会让你心如止水，因为你体会到的是热烈背后的人情冷暖。很多时候，人在这个环境中，灵魂却还沉浸在另一个环境中，或者人尚在这里，灵魂却跑到很远的地方，这就是我们所谓的“走神”。看来，人的快乐并非来自外界，而是来自灵魂。灵魂是承载我们精神生活的一个内在空间，你往里面装了什么，它就向你展示什么，你装了快乐，它就给你快乐，你装了温暖，它就给你温暖，你装了冰块，它自然给你一张冰冻脸。当然，很多人活了一辈子，灵魂还是空空如也，他们没有理想，没有信仰，没有思想，没有艺术，没有鉴赏，没有精神生活，什么都无所谓。套用哲学的观点，灵魂是人身上的神性，当我们因灵魂的愉悦而愉悦，灵魂的痛苦而痛苦，我们便离动物最远离神最近。

⊙ 新女性审美：美丽而不妖艳夺人；聪慧而不锋芒毕露；温婉而不弱不禁风；大方而不大大咧咧；内敛而不内向孤僻；沉静而不沉默乏味；懂事而不老于世故；乖巧而不机巧善变；善言而不多嘴多舌；善为而不咄咄逼人；才高而不恃才傲物；钱多而不任性刁蛮；细心而

不多心；用心而不猜心；动心而不走心；深情而不陷于情；多情而不滥于情；重情而不伤于情；浪漫而不放荡；诗意而不虚浮；真实而不造作。

⊙ 山中庙里有尊雕刻精美的佛像，每天前去拜谒的人络绎不绝。山路上的石阶煞是不平，抱怨说：“大家都是石头，凭什么我被人任意踩踏，你却被人供奉殿堂？”佛像笑道：“当年，你只挨了六刀，成了一方石阶，而我经历了千刀万凿之后，才有了今天的形象。”人所经历的一切磨难，都是为未来的自己塑造着形象。

⊙ 仰头不是为了骄傲，而是为了看清天空的乌云；低头不是为了卑微，而是为了看清路上的羁绊；高调不是为了炫耀，而是为了说出心中的梦；低调不是为了平庸，而是为了做得更加完美；微笑不是为了取悦他人，而是为了和谐环境；容忍不是为了放任自流，而是为了救赎灵魂；放手不是为了逃避，而是为了更好出手。

⊙ 有时候难过，不是真的难过，而是坚强太久。

⊙ 阅读除了填充不足的功能外，更大的功能在于释放多余。

⊙ 生活也许就是在意义中寻求意义，在宿命中反抗宿命，在记忆中刷新记忆，在无聊中重复无聊。我们看似自主的生活，也是顺应命运的安排。

⊙ 我们无法测量生命的长短，无法选择生命的开始和结束。但我们可以用道德和行为来考量生命的价值，用知识和感悟来提升生命的深度，用创造和欣赏来拓宽生命的广度，用经历和成功来积淀生命的厚重。

⊙ 寂寞是一种考验，独处是一种能力；寂寞是一种沉淀，独处是一种升华；寂寞是一种修行，独处是一种禅意。

⊙ 兰花虽长在深幽处，却有大忍的品格，大忍包容万物，万物皆和；梅花虽长在冰霜里，却有傲然的风骨，傲然面对困境，笑迎春风；水若溪水婉约，亦若大海强势。婉约做人，人必服，强势做事，事必成。

⊙ 无法改变世界，可以改变观念；无法改变环境，可以改变视角；无法改变事情，可以改变心态；无法改变风向，可以调整风帆。

⊙ 这个世界永远在变，唯一不变的，就是变化本身。只有不断学习、不断进步的人，才能跟上时代的脚步，才得以过上富足安适的生活。不负时光，不负生命，不负于心。

后记

Postscript

人生终了一抔黄土，又何言幸运与安康。走过千山万水，总会悟出一些生活的道理来。人生的不同阶段对生活的解读亦不同，爱过方知情重，醉过方知酒浓，蹚过方知水深，行过方知露重。一切在体会后，才能洞见其本源。时间的新陈代谢，早已将我改造成全然不同的自己，那些我喜欢或不喜欢的过往，犹如镶嵌在我时空银河里的星辰，不可更改地陈列在我的生命中。

随着互联网的出现，改变了人们读书的习惯，与古人相比，我们对于读书的意境已少了许多追求，能够消遣我们生活的艰辛，便是读书最常见的使命。尽管我从小喜欢游刃于文字中，尽管我有诸多的生活经历和感受，尽管我羡慕那些先师们的鸿篇巨制，但通过读书还是让我明白了更多道理，关于生活的、写作的。某些场景亦会在我的生活中不经意间闪现，为我排解那些剪不断理还乱的情怀。

当往事已经走远，当青春已经不在，我们看过的云、淋过的雨、吹过的风、爬过的山、赏过的花、拾起的银杏叶，它们再无相同的存在，当曾经的一切已物是人非，我们多少能从中领悟到一些生活的真谛。过尽千帆皆不是，有多少无奈与感慨，谁懂？往事已成蹉跎，旧人无处寻觅，无论生活闲暇或忙碌，心中长存一抹淡然。在这个浮躁的社会，在这个变革的时代，用笔下的文字，倾诉生活中的感慨，用带着墨香的纸张熏香自己的灵魂。

我曾去过一些地方，相比而言，有些地方虽然很落后，但民风很淳朴，令我羡慕而又向往。记忆的分子，构成我丰盈的世界，从幼时到今天，它像我身体里的细胞，不断生成又不断脱落，当时无从察觉，却在某一时刻跃入我的眼帘。生命中的每一次告别、每一次邂逅，生活中的每一分艰辛、每一分甘甜，人生中的每一步前行、每一次跌倒，工作中的每一点成就、每一点挫败，都能让我这个自小多愁善感的人，心中激起千重浪，无限的感慨油然而生。虽然我不能以美好的韵律或以夸张的创作来表达这份情感，但我喜欢返璞归真，喜欢顺其自然。喜欢将记忆搓成连绵的长绳，将梦想做成精美的风筝，任思绪飞扬……

爱好、感念和责任，鞭笞着我的惰性和麻木，最终战胜我自己的是那份社会的责任感。那几年经历了微博乱象丛生的年代，为了唤醒社会的良知，为了拯救失落的灵魂，为了每个清新的早晨，为了每个沉静的梦，为了懂我的你，为了不懂我的你，为了今天的你，为了今后的你。为了人们在这个不尽人意的世间深情地活着，在繁忙的工作中，偶尔突发灵感而悟出自己的一些浅见，在闲暇时整理成一段段富有哲理的文字。虽然我知道微不足道，但我愿意为社会尽一份绵薄的力量，为生命之路点亮一盏微弱的灯！当我的微文救了一个要自杀的女孩，我写作的初心得到了最好的印证，文字的力量由此可见，从此欲罢不能。

由此，这便是我的第二本书。本书有部分内容选自第一本《韵之味》，大部分是后来写的，可以说它是一本汇编本。毕竟写作不是我的主业，内容和文字定有不妥之处。但我真心希望那些深深浅浅的文字，能牵引着你我泅渡过心灵的喧嚣，到达宁静的彼岸。言为心声，文字是一个人灵魂在岁月深处的感动。或许书中还有几多梦想，那是我年少时的初心和对未来的憧憬。身为江南人，终身留有江南影，江南是我灵魂的家园，无论你在，或者不在，不离不弃，始终留在我的心里。只要你停下来，听一听，花开的声音……

珍惜与每个人相遇的机会，一辈子不长，感谢缘分让我们相遇在这个大千世界里，感谢有你——我的亲人，我的朋友，我的伙伴，我的对手，我的敌人。因为有你，我才是我，痛并快乐着，累并坚守着，静并盛开着；因为有你，我才是我，一个平平凡凡、真真切切、踏踏实实的我。

金建蕻

2018年11月于杭州家中